謎ときサリンジャー

「自殺」したのは誰なのか

竹内康浩　朴　舜起

新潮選書

まえがき

「バナナフィッシュにうってつけの日」というあまりにも有名なJ・D・サリンジャーの作品は、一発の銃声で締めくくられる。

フロリダのビーチで少女と戯れながら、海中のバ、ナ、ナ穴でバ、ナ、ナを食べてバ、ナ、ナ熱で死んでしまう奇怪な魚バナナフィッシュの話をする若い男＝シーモア・グラス。サリンジャーが後に書き継ぐことになる〈グラス家のサーガ（物語）〉の最初の一篇となるこの物語で、男は妻と休暇を楽しんでいたはずだった。まだ三十一歳。だがリゾートホテルの一室で、突然、自分の頭を拳銃で撃ち抜いてしまう。

しかし、それは本当に自殺だったのだろうか――。

本書はこのような問いから始まる。

あまりに突拍子もない問いに聞こえるかもしれない。

しかし、そもそもこれまで私たちは男の死を理解出来ていたのだろうか。それは「自殺」として受け止めることさえ難しい謎の死だったはずである。自分の頭を撃ち抜いた男は、何かに悩んでいるようなそぶりを見せることもなかった。後に残す家族のことも考えない。一瞬のためらいもない。まるで日常の延長ででもあるかのように銃の引き金を引いたのだ。

平和で満ち足りた世界のすぐそばにも常に死は横たわっている、という意の寓話なのか。あるいは、連合軍兵士として第二次世界大戦の凄惨な戦場をくぐり抜けて帰還したサリンジャーが、その心の深い闇をあの結末で吐き出したのか。ならば、シーモアもまた作家同様、どこかで心のバランスを崩していたということなのか。

本書では、全く別の角度から、あの男の死の謎を解いていきたい。

探偵小説の祖として知られるエドガー・アラン・ポーは、名探偵デュパンにこのようなことを言わせた——何かをよく見ようとして近づきすぎてはダメだ。それでは全体を見る視野を失ってしまう。真理は小さな井戸の底にではなく、山のてっぺんにあるものだ。

私たちも男の死だけを深掘りするのではなく、サリンジャー文学の全体を見るようにしたい。すると気付くであろう、彼のもう一つの代表作、二十世紀アメリカ文学の金字塔『ライ麦畑でつかまえて』にも、似たような謎があったことに。

毒舌でありながら、ライ麦畑で遊ぶ子供たちが崖から落ちないよう捕まえてやりたいと夢想する青年の物語は、全世界で六千五百万部あまりが売れたとも言われている。その主人公ホールデンもまた、心を病んでいたように見えていたのではなかったか。

こんな逸話がある。『ライ麦畑でつかまえて』の原稿を持ち込んだ若きサリンジャーに、出版社の編集責任者がこう感想をもらしたという。

「ホールデン・コールフィールドは頭がおかしい《クレージー》のかね」

最初期の痛烈な批評だが、「頭がおかしい」ように見えたのは、ところがホールデンだけにとどまらない。作家自身の生き様もまた、人々の目には奇行の連続と映ったのだった。

同書はサリンジャーにとって初の単行本だったにもかかわらず、彼は宣伝活動への協力を一切拒んだ。顔写真を本に載せることも、書評されることもいやがった。編集者はサリンジャーに「君はこの本を出版したいのか、それともただ印刷したいだけなのか」と問い詰めたというが、作家のその後は彼の予想を超えていくことになる。

二年後、三十四歳のサリンジャーは引きこもりにも似た生活を始める。しかもそれは生涯続いた。アメリカ北東部、ニューイングランド地方の小さな町に建てた家には、当初、電気も水道もなかった。地元の人々との交流もしばらくはあったが、親しくなった女子高校生がサリンジャーについての記事を地元紙に書いたため、自宅の周囲に高い塀を築いて閉じこもってしまった。三十六歳で当時まだ大学生だった女性と結婚し、その家で息子と娘を育てたが、何より執筆優先の生活だったという。

にもかかわらず、四十六歳で中編小説「ハプワース16、1924年」を発表したのを最後に、一切作品を出版しなくなる。だが、筆を折ったのではない。サリンジャーは誰にも作品を見せることなく書き続け、原稿は金庫にしまい込んだのである。この作家は、もはや出版はおろか印刷さえしない奇怪な道へと進んでいったのだ。

たしかにサリンジャーは変人かもしれない。しかし、あの自ら頭を撃ち抜いた男の死までも、「頭がおかしい」という見方で片付けてよいのだろうか。

「バナナフィッシュ」が収録された短編集『ナイン・ストーリーズ』（一九五三）の刊行後もサリンジャーは〈グラス家のサーガ〉を発表し続けた。末娘フラニーとその上の兄ゾーイを描いた『フラニーとゾーイ』（一九六一）。小説家の次男バディーの目線で語られる『大工よ、屋根の梁を高く上げよ／シーモア序章』（一九六三）。七歳の長兄シーモアが饒舌に語る問題作で、事実上、最後の作品となった「ハプワース16、1924年」（一九六五）。

この一連の作品群の端々で、グラス家の人々は、亡くなった男のことを偲び続ける。〈グラス家のサーガ〉は、思えば、「バナナフィッシュ」の前へ後へと時間を広げながら、その中心に男の死を位置づけるかのように書かれている。サリンジャーが作家人生全体を通してこだわり続けていたのはあの男の死だったのである。

実際、あれはただの「自殺」ではなかった。あの男の不可解な死にこそ、サリンジャーがたどり着こうとしていた高みがある、と私は思う。「頭がおかしい」と見下げるのではなく、デュパンも言っていた「てっぺん」を見上げようとしてみれば、一見「難解」とも見なされがちなサリンジャー文学の中に、一つの核心のようなものが見えてくることになるだろう。

主な手がかりは、反復される死の予告、正体があいまいな死体、そして俳句——である。それらに導かれて、私たちはバナナフィッシュという語がすでに明示していたある人物にたどり着くことになる。

さて、その地点から眺め回してみれば、『ライ麦畑でつかまえて』を含むサリンジャー作品は、私たちにどんな姿を見せることになるのだろうか。

謎ときサリンジャー——「自殺」したのは誰なのか　目次

註について：引用箇所の末尾には［］内に出典と頁数を示した。出典の正式な表記は「引用文献」を参照されたい。サリンジャー作品の引用は断りがなければ拙訳であり、原書の頁数を示した。

謎ときサリンジャー――「自殺」したのは誰なのか

いつもきみのそばを歩いている三人目の人は誰だ?
ぼくが数えると、きみとぼくしかいないのに

——T・S・エリオット『荒地』(岩崎宗治訳)

この静けさにまったく調和した感じで、「友人と遊んでいる」ぼくにシーモアが声を掛けた。第三の人物がこの宇宙にいたなんて、ぼくは心地よいショックを受けたんだけど、それがまさにシーモアである、という感じもあった。

——バディー・グラス(J・D・サリンジャー「シーモア序章」)

序章　シーモアの予言

銃声

あの男の死の瞬間は、次のように描かれている。

ツインベッドの一つに横たわって寝ている女を彼はちらりと見た。それから旅行鞄のところまで行き、そしてそれを開け、重なっている下着や肌着の下から、七・六五口径のオルトギース自動拳銃を取り出した。弾倉を外し、それを見て、そして挿し直した。彼は銃のスライドを引いた。それから空いているツインベッドのところまで行って腰を下ろし、あの娘を見て、ピストルの狙いを定め、自分の右のこめかみを銃弾で撃ち抜いた。〔*Nine Stories* 26〕

これが「バナナフィッシュ」の結末である。銃声は、最後のページの余白に鳴り響く。このあと、隣のベッドで寝ていた妻ミュリエルは飛び起き、頭から血を流して倒れている夫を発見して慌てふためいただろうし、私たち読者も主人公の突然の死には虚を突かれるだろう。少なくとも、それが一般的な意味での「自殺」だったならば。

しかし、どうやらそうではなかったようなのである。

確かにこの男には、自殺する理由がありそうではある。他のサリンジャー作品も合わせて読めば、この男がヨーロッパでの大戦から帰ってきてまだ日も浅いことがわかる。戦争中に受けた心の傷がまだ癒えていなかったのだろうか。あるいは、男は妻にリルケの詩をドイツ語で読むことを勧めるほどの文学好きだったが、妻が読みふけっているのは女性誌だった。どうも二人の趣味が合っているとも言いがたい。この夫婦には、どこか深い断絶があったのかもしれない。そもそもこの男は、かつては天才少年としてラジオ番組に出演していたのだった。大人になってその知性は哲学的な思索へと向かい、解きがたい人生の諸問題に苦悩していた可能性もある。これまで、だいたいこのようなことが男の死の理由として挙げられてきたのであった。

もしも、これらのうちいずれかの理由で男が「自殺」したのならば、残された妻は夫の悩みに気づいてやれなかった自分を責めることになるかもしれないし、読者の方も死んだ夫に同情するだけでなく、そんな妻のことまで心配になったりするかもしれない。ところが、後にサリンジャーは、男の「悲劇」をそのように受け止めることが間違いであると示唆することになる。

「ハプワース16、1924年」

「バナナフィッシュ」を書いてから十七年後、サリンジャーは中編小説「ハプワース16、1924年」を『ニューヨーカー』一九六五年六月十九日号に発表した。事実上、最後のサリンジャー作品である。その中で、「バナナフィッシュ」で描かれた男の突然の「自殺」が、実はあらかじめ定められたものであったことが明かされている。本人が子供の頃、三十歳過ぎでの自分の死を予言していたというのである。

ならば、あの銃声がどれほど突発的で衝撃的に聞こえたとしても、男は「予定」通りに死んだに過ぎないことになる。まるで電車が定刻に駅のホームから発車するかのように、男はこの世から旅立ったわけだ。

男の死が予言の実現だったというサリンジャーの奇怪な説明を私たちが受け入れるとすれば、たとえそれが悲しい出来事ではあったとしても、驚いたりショックを受けたりすべきではなかったことになるだろう。むろん別れは悲しくとも、それが定刻での出発ならば、少なくとも不意を突かれたという反応はあり得ない。

ここに男の死の本当の特異性がある。私たちが不思議がるべきだったのは、「バナナフィッシュ」で描かれた（見かけ上の）突発的な死ではなくて、むしろ逆に、「ハプワース」で明かされた予定通りの死であったのである。議論されるべき真の謎は「なぜ突然死んだか」ではなくて、「なぜ死が予定されていたか」でなければならない。後に私たちは、その問いに答えていくことになるだろう。

もう一つ、シーモア少年の予言について指摘すべき大切なことがある。「ハプワース」で明かされた奇妙な事実は、死ぬ時期に関する予言にとどまらないのである。見方によってはもっと不思議なことがほのめかされていたのだった。シーモア少年によると、男が「自殺」する現場には、なんともう一人、別の男がいるはずだというのだ。だが、その点はさらりと流され、詳しく説明されることはない。

その後、まるでこの不可解な「告白」で何かに一区切りを付けたかのように、サリンジャーは一切作品を発表しなくなった。そして、二〇一〇年一月に九十一歳で亡くなるのである。

二つの奇妙な予言が記されたその中編小説は、日本では『このサンドイッチ、マヨネーズ忘れてる／ハプワース16、1924年』（金原瑞人訳、新潮モダン・クラシックス）などに採録されているので容易に入手できる。しかし、アメリカでは雑誌に掲載されただけなので、一般的な読者にとっては埋もれた作品になっている。

一九九〇年代の終わり頃には、単行本として出版されるとの報道もあった。ヴァージニア州で小さな出版社を営むロジャー・ラスベリーが「ハプワース」出版の企画書を書き、宛先を「ニューハンプシャー州コーニッシュ、J・D・サリンジャー」とだけ書いて送ってみたのが始まりだった。果たして、それは作家の手元に届いた。ラスベリーがそれを知ったのは、二週間後にサリンジャー本人から返事が来たからである。結局、話が進むまで八年の歳月を要したが、九六年五月、ラスベリーは、面会の約束を取り付けた。そして二人はワシントンＤＣの国立美術館で落ち合い、カフェテリアで昼食を共にすることになる。そこに現れたサリンジャーは、当時七十七歳。耳は多少遠くなっていたものの長身で威厳があった。その場でラスベリーは「ハプワース」のテキストについていくつかの「矛盾点」を質問したという [Streitfeld 162]。

ひょっとして、その矛盾点とはシーモア少年の予言のことではなかったのか。自殺現場にもう一人いるという予言の謎を、ラスベリーは直接サリンジャーにぶつけてみたのか。もしそうならサリンジャーはどう反応したのか。

幸いラスベリーはまだ健在なので、本人に問い合わせることができた。だが、やはりラスベリーの言う「矛盾点」とは、シーモアの予言ではなかったようだ。サリンジャーに指摘したのは、ある箇所にあった「女性（woman）」という語だったという。ラスベリーはそれを複数形の「女性たち（women）」にすべきではないかと提案したらしい。原稿を直そうとする編集者をサリンジャーが毒のように嫌っていたことは知っていたので、その質問だけでも勇気が要ることだったという。意外にもサリンジャーは「もちろん、もちろん」と言って修正に応じた。その驚きもあって、ラスベリーは会話をよく記憶していたようだ。ただし、その他の点については「そのままに」しておくようにとサリンジャーは明言したという。

さてその後、表紙のデザインが決まるほど作業が進んだにもかかわらず、結局「ハプワース」の単行本としての出版は実現しなかった。サリンジャーは人目を引くことなく出版したかったようだったが、ラスベリーが議会図書館に書籍情報を登録してしまったことから情報が漏れ、ある地方新聞が特ダネとして報道したのである。すると全国紙も後を追った。『ニューヨーク・タイムズ』紙上では有名書評家のミチコ・カクタニが単行本出版に先回りして、同作品を「まったく魅力がない」［Kakutani 15］と酷評、追い打ちをかけてしまった。

千載一遇のチャンスを逃したラスベリーは、カクタニの辛辣な書評がいわばラクダの背を折る最後の藁になって、サリンジャーがへそを曲げたのだろうと回想している。ただし、カクタニが下した厳しい評価自体は、決して不当なものではなかったかもしれない。その物語では、「バナナフィッシュ」で大人の男として描かれていたシーモア・グラスが、まだ七歳の少年として登場する。だが、すでに天才ぶりを発揮していて、子供たちが集まるサマーキャンプでの出来事を大人びた視点から観察するのである。そして、両親に宛てて報告やら頼み事やらを子供らしからぬ語彙でしたためる。その可愛げのない手紙自体が、作品の内容になっている。これには当時の読者も閉口した。掲載誌の編集者の一人、ルイーズ・ボーガンも「あのサリンジャー［の作品］はとんでもない駄作だ」［Shields 382］と嘆いたほどだ。それは二十一世紀を生きるアメリカの読者も同じであろう。たとえ『ライ麦畑でつかまえて』を気に入ったからといって、好奇心から図書館で一九六五年の『ニューヨーカー』誌を探し出して「ハプワース」を読み始めたとしても、途中で放り投げてしまうのが関の山ではないだろうか。

だからこそ、現在に至るまでこの作品について人々が知っていることは、批評家たちの断片的な言及に基づいた二次的なものに留まりがちなのである。

読み飛ばされた予言

断片的といえば、当然カクタニの書評も例外ではなかった。カクタニは、シーモア少年が天才であるだけでなく予言能力も備えていることを指摘して、「まったく説明されることなく、奇怪にもシーモアには未来を予見する能力があるとされ、［七歳という］幼い年齢で、自分が若くして死ぬことや［弟である］バディーが作家として輝かしく成功することを予言するのだ」［15］と苛立ち、あきれかえっている。多くの読者は主にこのような情報を通してシーモアの予言について知ることになるのだが、それゆえにカクタニをはじめ多くの批評家がほとんど常に読み飛ばしてしまう別の予言については、知らぬままでいるのである。

たしかに、シーモア少年は「ぼく個人としては、少なくともちゃんと防腐処理された電信柱ぐらいの長さ、ありがたいことに三十年かそれ以上は生きるだろう」［"Hapworth" 60］と自らの死を具体的に予言しているし、そのことは比較的広く知られている。しかし、この前段でもう一つの予言がなされていたことはあまり知られていない。シーモア少年は両親に宛てた長い手紙の中で、こう書いていたのだった――

これも誓って言うけど、ぼくたち［シーモアとバディー］のどちらかがこの世を去るときには、いろいろな理由で、もう片方がそこにいることになる。［60］

このあと、自分の寿命に触れ、さらに「バディーはそれより長く生きる」［60］とシーモアは断言する。したがって、二人のうちのどちらかの死とは、現実にはシーモアの死ということになる。ならば、なぜそれを「ぼくたちのどちらか」と曖昧に表現したのかという疑問が生じるが、それは後に詳しく考えることにして、ひとまずここでは、シーモアは「自分が死ぬときにはその場にバディーがいる」という意味の予言をした、と了解しておく。

では、この予言は当たったのだろうか。

「バナナフィッシュ」を読む限り、シーモアが「自殺」したとき、部屋にいたのは妻のミュリエルだけであった。そこにバディーの姿はない。そもそもバディーはその作品中で一度として言及されることもなかった。だから、この予言に関しては、さすがの天才少年も間違っていたようにもみえる。だが、本当にそうなのだろうか。

もう一方の予言——自分の命は三十年ぐらい——は、シーモアが三十一歳で死んだときに正しく成就していた。ここに疑問の余地はない。ならば、シーモア少年は自分の死の時期は当てられたが、そこに立ち会う人物については外してしまった、つまり、天才の予言も所詮五十パーセントの的中率だったということなのだろうか。

おそらくカクタニはさして深く考えることもなく、その確率を受け入れたのであろう。そして、天才少年の予言としては、外れた（ようにみえる）ものより当たったものの方がふさわしいので、後者にだけ言及した。ほとんど無意識に、意味をなさない予言はなかったことにしてしまった。そういうことだろう。

しかし、それではどうもすっきりしない。カクタニは立ち止まってもう少し慎重に検討すべきだったのではないだろうか。たしかに、予言の的中率が百パーセントでないのは、一種のリアリズムかもしれない。しかし、そもそも「ハプワース」の天才少年は全てにおいてリアルな少年ではなかった。予言能力だけでなく、痛みを遮断する能力も備えていて、脚に怪我をして十針あまり縫ったときも医者に麻酔を断ったくらいだ。他にも少年にしては高尚で広範すぎる読書の趣味や、なんと前世の詳細な記憶など、およそこの物語は信じがたいことのオンパレードなのである。ならば、予言の的中確率だけを現実的なレベルに下げる必要などないだろう。

サリンジャーは作家生涯をとおして、シーモアを長男とするグラス一家の物語を書き続けた。「ハプワース」は、その最終章となる特別な作品である。グラス家にはシーモアの他に六人の子供たちと両親がいて、多くの短編小説や『フラニーとゾーイ』他の中編小説は、主にその一家についての物語であった。四八年発表の「バナナフィッシュ」はその始点であり、六五年の「ハプワース」が一応の終点ということになる。ただし、それとは逆に、サリンジャーが描くシーモアの年齢は若くなっていった。「バナナフィッシュ」では三十一歳、その七年後の作品「大工よ、屋根の梁を高く上げよ」（一九五五）では二十五歳で、彼の結婚式当日の出来事をバディーが回想している。最終的に「ハプワース」では七歳になっている。そして、その終点の作品（「ハプワース」）で少年シーモアに始点（「バナナフィッシュ」）での死を予言させることで、終点と始点が接続される。こうして、グラス家の物語群は完結したようだ。

言い換えれば、始点「バナナフィッシュ」で示された謎——シーモアの突然の死——に対し、終点「ハプワース」において一つの答えが与えられたわけである。不可解なシーモアの自殺が実は「予定された死」であったという答えが、その死から十七年後の作品でやっと示されたのだ。そのこと自体の意義はこれから本書で考えていくことになるけれども、少なくとも「ハプワース」でのシーモア少年の予言とは、グラス家の物語全体の締めくくりとなる作品でなされた、いわば画竜点睛のような仕上げだったともいえるだろう。

もしそうならば、その壮大な竜の絵を長年にわたって描き続けたサリンジャーが最後に目を入れる段階になって、それを半分外れた残念な予言として書き込むことなどあり得るだろうか。

しかも、そもそもシーモアの予言は外れようのないものであった。現在から未来を見通そうとする普通の予言ならば外れることがあってもいい。だが、シーモア少年の予言が書かれたのは一九六五年なので、その時点ですでに少年の未来は確定していた（シーモアの死は一九四八年に書かれている）。にもかかわらず、サリンジャーはシーモアの未来がわかりきっている一九六五年に、わざわざ間違った予言をシーモア少年にさせたのだろうか。他方、死期については正しい予言をさせたというのに。たしかに、たとえば試験問題をあらかじめ不正に入手した受験生ならば、満点では怪しまれるというのでわざと間違えてみせることもあるだろう。しかし、多くのサリンジャー作品を読めば感じられることだが、彼は死者シーモアに対して誠実であることだけを誇りとして書き続けていたようにも見えるのである。そして繰り返せば、ここでサリンジャーは長年書き継いできたグラス一家の物語を仕上げるべく、シーモアの死の「謎解き」ともいえる記述をしていたのだった。もしそれを小手先の技——全ての予言が当たってしまうのはリアルでないので一つだけ外すという細工——で彩ったとすれば、それはグラス一家の物語の最終回としては少々物足りないようにも思われるのである。

こうして考えてみると、やはり他の的中した予言同様、シーモアとバディーのどちらかが死ぬときに他方が必ずそこにいるという予言も、当たっていたと考える方が自然なのではなかろうか。少なくとも、シーモアが「自殺」した現場に何らかの意味でバディーがいたのではないかと仮定し、そこからサリンジャー作品を読み直してみる価値は十分にあるのではないだろうか。

思い出されたい。あのときサリンジャーは「いろいろな理由で、もう片方がそこにいることになる」[60 強調は引用者]と書いていたのだった。これから私たちは本書全体を通じて、その「いろいろな理由」を具体的に追跡していきたい。その過程で私たちはいろいろと寄り道をして、松尾芭蕉の俳句や弓聖・阿波研造の禅弓術などに触れることもあるだろう。そして最終的には、サリンジャー作品において死者と生者が不思議なやり方で結びついていること、そしてそのような関係自体がサリンジャーの作品を生み出す源泉でもあったことを詳しく見ていくことになるはずである。

それは少々曲がりくねった道なので、途中で迷子になる危険があるかもしれない。そこで、そんな時にたびたび立ち戻ることになる方位磁石のような基本的なイメージを、あらかじめここで提示しておきたい。

まず、ビリヤードテーブルを思い浮かべてもらいたい。長方形のテーブルの面は緑のラシャが綺麗に張られ、二つの長辺の中央と四隅にポケットと呼ばれる穴が空いている。その上には二つの球がある。そして、一つの球が他方にぶつかる。当てられた方の球はポケットに落ちていく。このとき、テーブルの上から消えた球は単独で勝手に落下していったのではない。その落下には、もう片方の球――ぶつかった方の球――が関わっている。そしてその球は、落ちた方の球がそれまでテーブル上に占めていた場所に留まることになる。その時、二つの球はまるで入れ替わったようにも見えるだろう。

このような二つの球の一連の運動こそ、サリンジャーの作品における死者と生者の関係性のように思われるのである。落ちた球が死者であり、残った球が生者であるとする。すると、一方が死ぬ（落ちる）時には必ず他方がいなければならない、という道理になる。そして、二つの球がぶつかった時には、当然、そこから乾いた音が聞こえてくるだろう。

サリンジャーの作品とは、いわばその音の記録にほかならない。その最良のページに響いているのは、もはや生者の声ではないし、だからといって死者の声でもない。それは、死者と生者が共に生み出している衝突音なのである。

つまり、あの一発の銃声は、シーモアの片手から発せられたのではない。あの銃から音が響くには、もう一人の存在、バディーが必要であったということである。

第1章　若い男

男の正体

もう一度、シーモア少年の予言を確認したい。

「誓って言うけど、ぼくたちのどちらかがこの世を去るときには、いろいろな理由で、もう片方がそこにいることになる」〔"Hapworth" 60〕

これは、奇妙な言い方なのであった。すでに述べたとおり、この後すぐにシーモアは弟バディーが自分より長く生きる趣旨の予言をしているのだから、どちらかが死ぬ時とは、実際にはシーモア自身が死ぬ時という意味になる。ならば、なぜ「ぼくたちのどちらかが」という言い方で、すなわち自身が死ぬこと以外の可能性まで含めて、表現してみせたのだろうか。

この言葉遣いを踏まえて、「バナナフィッシュ」を読み返してみると、不思議なことに気づく。全ての読者は、結末で自殺をしたのはシーモアだと思っているし、バディーも後の作品でそのように回想している。しかし、「バナナフィッシュ」においてサリンジャー自身は、銃で頭を撃ち抜いた男がシーモアであったとは一言も言っていないのである。

物語は、フロリダで夫と共に休暇を楽しむミュリエルが、ニューヨークにいる母に電話をかけるところから始まる。母は娘の旅先での安全を心配している。というのも、このところシーモアが奇怪な行動をとり続けていることを知っているからだ。一方、ミュリエルは「私はシーモアが怖くないのよ」[14]と聞き流す。こうして物語の前半部は、悲劇的な結末を準備するかのように、母の不安と娘の慢心が対比的に描かれている。さて、二人の会話の内容はともかく、私たちにとって大切なのは、この部分においてミュリエルがシーモアの名前をはっきり口にしているという事実である。だから、私たちはこの作品でのシーモアの存在自体を疑うことはできない。

だが打って変わって、母娘の会話から一行空けて始まる物語の後半部では、シーモアという名前が口にされることは一度もない。サリンジャーは一貫して「若い男」としか書かない。浜辺でその男がシビル・カーペンターと呼ばれる少女と戯れている時も、そこからホテルの部屋へと歩いて戻る時も、そしてその部屋で銃を取り出して自分のこめかみを撃ち抜く時も、常に主語は匿名で、動作の主は「若い男」あるいは単に「彼」にすぎないのである。

この奇妙な匿名性は、まるでこの「若い男」とは誰なのかという問いを私たちに突きつけているようでもある。実際、後半部の幕開けは、そのような問いの一部として読むことも可能だったのではないだろうか。

「もっとグラス《シー・モア・グラス》を見なさい」とシビル・カーペンターは言った。母とホテルに滞在している少女である。「あなたはもっとグラス《シー・モア・グラス》を見たの？」[14]

「もっとグラスを見なさい」と訳した部分は、原文では“See more glass”となっている。それはシーモアのフルネーム「シーモア・グラス」と同じ発音でありながらも、名前としては記されていない。それは、シーモアのように聞こえながらも実はシーモアではない、という最初の仕掛けのようにも見える。

しかし、既にここまでミュリエルと母との会話の中でシーモアの名前を目にしている読者は「シー・モア・グラス（もっとグラスを見なさい）」という命令文を、なんとなくシーモア・グラスという固有名詞に変換して聞くことになる。実際にはその一行の中にシーモアは存在しないのに、読者はそこに彼がいるように感じてしまう。このように後半部の最初の一行は、「若い男」のアイデンティティーの不確かさを非常に巧みに表現しているのではないだろうか。

しかし、これにとどまらない。このあとすぐシーモアの存在は、もっとあからさまに疑問に付されている。シビルは「あなたはもっとグラスを見たの？（Did you see more glass?）」と問うのである。この疑問文もシーモアの名前として響く三つの単語“see more glass”を再び含んでいる。それゆえにこの一文は、たとえ“Are you Seymour Glass?”（あなたはシーモア・グラスなの？）という直接的な問いかけではないにしろ、読者には「もっとグラスさんを見たか」とでもいうような問いとしても聞こえてくる。あるいは、この小説に仕掛けられたその他の様々な工夫を承知した後で振り返ってみれば、そこから「シーモア・グラスの他にもう一人のグラスさんを見たの？」という問い（あえて先取りして言えば「バディー・グラスを見たの？」という問い）を聞き取ることも不可能ではないかもしれない。

このように物語の後半冒頭に置かれたシビルの二つの台詞「もっとグラスを見なさい」と「あなたはもっとグラスを見たの？」は、ともにシーモアに言及しているようでありながら、その名字を小文字の普通名詞にすることで、逆にシーモアの存在の不確かさを暗示しているようにも思われるのである。浜辺でシビルと戯れている男が、この後一貫して「若い男」としてしか描かれないことと合わせて考えれば、サリンジャーは男の正体がシーモアとして確定されないように注意深く描いていたと考えてよいのではないか。

「バナナフィッシュ」という作品の中で私たちは本当にシーモアを見ていたのかという問いは、突飛で奇をてらったものに思われるかもしれない。しかし、それは作品全体に関わる大切な問題であるはずである。なぜなら、この後すぐにその疑問は「シビルは本当にバナナフィッシュを見ていたのか」という問題へと変奏され、作品の題名へと接続されるからである。正体不明の「若い男」が口にすることになるバナナフィッシュとは、これもまたいるかいないかよく分からないような、不思議な存在なのであった。

浜辺で波と戯れながら、シビルは「若い男」からバナナフィッシュという奇妙な魚の話を聞かせてもらう。その魚は穴の中でバナナを食べ過ぎて太ってしまい、そこから出られなくなって死んでしまうという。そんなバナナフィッシュの「とても悲劇的な一生」[23]について聞いた直後、シビルは「今一匹見えたよ」[24]と言って男を驚かせる。シビルは、現実には存在するはずのない魚を見た、と言ったのである。そんな少女に男はいたく感動し、寝そべる彼女の足の土踏まずに、思わず口づけまでしてしまう。

常識的な大人には決して見えることがないであろうバナナフィッシュをシビルは見つけた。見えないものを見たシビルの（一見、勘違いのように見える）観察眼を、男は祝福した——土踏まずという普段は見えない部分に口づけすることによって。ならば、読者もシビルを見習ってもいいのではないだろうか。サリンジャー自身、読者がそうすることを期待していたのかもしれない。すなわち「バナナフィッシュにうってつけの日」と題されたこの物語の中に、存在するはずのないバナナフィッシュのような誰か、すなわちもう一人のグラス——バディー——を読者が見つけることを。"See more glass"（グラスをもっと見よ）とは、そのような誘いのようにも響くのである。

家族の証言

「バナナフィッシュ」にはバディーがいたのかもしれない。実は、そう疑っているのは私たちだけではない。驚くべきことに、「若い男」の遺族、グラス家の人々も同じように感じていたのだった。

一連のグラス家の物語の中では、バディーは作家であるとされていて、私たちがサリンジャーの作品として読んでいるものは、バディーが書いたという設定になっている。バディーは作品内でサリンジャーの分身として振る舞っているのである。だから、作品内に棲まっている彼の弟や妹たちも、「バナナフィッシュ」をバディーの作品として読んでいる。さて、サリンジャー／バディーが一九五九年に発表した中編小説「シーモア序章」では、バディーの家族が「バナナフィッシュ」を読んで奇妙な指摘をしていたことが紹介されている。

他方、もっと初期、四〇年代の終わり頃に、私が書いたもっと短い作品〔「バナナフィッシュ」〕では、シーモアは単に肉体を備えて出現するにとどまらず、さらに歩いたり、しゃべったり、海に体を浸したり、そして最後のパラグラフでは自分の脳みそに銃弾を撃ち込んだりしている。ところが、各地に散らばっている私の肉親たち数名、つまり、刊行された私の作品をいつもいつも注意深く読み込んでは専門的な小さな間違いを見つけてくる家族たちが丁寧に指摘してくるには……あの若い男、すなわち、あの初期の作品で歩いたりしゃべったり、おまけに銃まで撃ったりしている「シーモア」とされる男は、ぜんぜんシーモアではなくて、奇妙にも、アリー・ウープみたいで恐縮だが、誰かさんというか、私自身にすごく似ている、というのだ。〔*Seymour: An Introduction* 131〕

世にサリンジャー／バディーの愛読者は多い。その中でも、グラス家の面々こそ特別に熱心で注意深い読者であると作家自身が認めている。そして、そんな家族の鋭い目に、「バナナフィッシュ」で描かれていた「若い男」はバディーとして映っていた、というのである。

フロリダのリゾートホテルに、いるはずのないバディーがひょっこり顔を出しているというあり得ない事態は、私たちにはなじみの薄い「アリー・ウープ」という言葉で的確に表現されている。それは一九三〇年代に流行った漫画の題名で、アリー・ウープという名の原始人がタイムマシンで時空を超えて過去と現代を行き来する物語らしい。したがって、ここでバディーは自分自身を「アリー・ウープ」に重ね合わせ、自分もまた時空を自由に旅する主人公のように「バナナフィッシュ」の世界に登場してしまった、あるいは少なくともそう家族は感じた、と述べているのであろう。そして繰り返せば、その家族とは、「刊行された私〔バディー〕の作品をいつもいつも注意深く読み込んでは専門的な小さな間違いを見つけてくる」校正者のように鋭い読者なのであった。「バナナフィッシュ」に登場する男がバディーに似ているとの指摘は、作家が想定するもっとも注意深い眼を持った読者からもたらされていたのである。

　むろん、たとえそれが作家バディーの家族の観察であれ、必ずしも現実に「バナナフィッシュ」にバディーが登場している、あるいは逆にシーモアが登場していない、ということではないかもしれない。しかし、実は先ほどの引用は、シーモアの奇妙な不在が話題になった直後の発言でもあるのである。その直前の箇所で、バディーは一九五五年に発表した中編小説「大工よ、屋根の梁を高く上げよ」を、シーモアの不在を巡る物語として要約していたのだった。それはシーモアの結婚式当日の物語なのだが、バディー曰く、そこには「シーモア自身――いわばディナーのメインコース――は、実際にはどこにもその物理的存在を現さないのである」[131]。これを受けて、バディーは「他方、もっと初期、四〇年代の終わり頃」の作品である「バナナフィッシュ」の話へと展開し、その物語では一見シーモアは肉体を備えた存在として描かれているけれども、その存在感も実は疑わしいものであったことを明かしていたのである。このような一連の流れからすると、シーモアの不在という問題は、それが明確に主題化された「大工よ」だけでなく、さかのぼって「バナナフィッシュ」にも当てはまるということだろう。やはり、あの「若い男」

をサリンジャー／バディーが一度もシーモアと呼ばなかったのは偶然ではなかったようなのである。

お前の星座は出ているか

「バナナフィッシュ」の後半に登場した「若い男」のアイデンティティーを疑う視点を持てば、これまでその作品において、単なる間違いや矛盾のようなものと思われてきた記述も、新たな意義を帯びてくる。それは作家のうっかりミスではなく、むしろこの作品の謎を解く鍵だったに違いないのである。

その「間違い」とは、若い男の星座に関する記述である。浜辺でシビルと戯れながら、シーモアと思われる男は、唐突に、自分の星座を明かしている――「僕は山羊座」[18]。

ここから、この若い男の誕生日が十二月二十二日から一月十九日の間の一日であることが分かる。ところが、シーモアは山羊座ではないのである。

これは疑い得ない。一九五七年に発表された中編「ゾーイ」に、シーモアの誕生日に関する記述がある。そこには一九三八年の二月がシーモアの二十一歳の誕生日であるとされている[180]。つまり、シーモアが一九一七年二月に生まれたのならば、彼の星座は水瓶座か魚座のいずれかであって、けっして山羊座ではないことになる。

「バナナフィッシュ」の若い男がシーモアであるという前提を受け入れている読者には、男の星座に関するこの情報は、奇妙な矛盾のように見えてしまう。たとえば、杉浦銀策は「同一人物であるはずなのに、このように作品によって誕生の月が食い違っている」〔131〕と首をかしげ、田中啓史は、あの男は山羊座だったはずなのに「いつのまにか……一月生まれに変更されている」〔164〕と指摘している。一方、「ゾーイ」の記述を軽視するか読み落とした批評家は、山羊座を「シーモア」の人物像を表す何らかの象徴として深読みすることもある〔Genthe 171、Bryan 229〕。いずれの場合であれ、彼らがどんな疑問を持っていたとしても、「若い男」がシーモアであることだけは疑ったりはしない。

だが、この星座に関する「食い違い」は間違いや矛盾なのではなく、むしろ「若い男」がバディーでもあることを示す重要な印だったのではないだろうか。なぜなら、杉浦も指摘しているとおり、バディーこそ山羊座だと推定されるからである〔130-131〕。

すでに簡単に触れたが、バディーはサリンジャー自身の分身で、サリンジャー作品を全て書いたとされていたのだった。サリンジャーの誕生日は一九一九年の一月一日なので、バディーの誕生日も同じ年月日であると想定してよいであろう。実際、それと矛盾することなく、一九一七年生まれのシーモアとバディーの年の差は二歳であることが「ハプワース」などの作品で言及されている。したがって、「バナナフィッシュ」に登場する「若い男」は、少なくとも星座に関する限り、グラス家の人々がそう考えていたように、シーモアではなくバディーに「似ている」と言えるのである。

混乱しているように見えてしまう男の星座問題は、サリンジャーがうっかり犯してしまった「失策」ではないはずだ。すでに述べたとおり、サリンジャーは後に「バナナフィッシュ」を振り返って、そこに男の正体に疑念を持たせる「専門的な小さな間違い」があることに意識的であったことを思い出されたい。具体的には、その「間違い」の少なくとも一つは、星座に関する記述だったにちがいない。

むろん、シーモアとバディーの星座の違いなど、「バナナフィッシュ」という作品を雑誌で読んだ普通の読者には分かるはずがない。そこにはバディーの誕生日に関する情報は全くないのだから。しかし他方、グラス家の人々は、サリンジャー／バディーの「作品をいつもいつも注意深く読み込んで」いるばかりか、家族なのだから当然シーモアとバディーの誕生日のことなどテキストを読まなくても知っている「専門家」である。だからこそ、自分の家族が「専門的な小さな間違い」を指摘してくると書いたとき、バディーは「バナナフィッシュ」の星座に関する奇妙な記述のことを思い出していたようにも思われるのである。「若い男」が山羊座ならばそれはシーモアではなくてバディーに違いない、という明確な根拠があったからこそ、家族は「『シーモア』とされる男は、ぜんぜんシーモアではなくて……私自身「バディー」にすごく似ている」という奇妙な指摘をすることも出来たのだろう。

興味深いことに、生前シーモアは、作家バディーに「お前の星々が出ている」ような作品を書くよう頼んでもいたのだった――

他のどんな理由でもない、ただお前の星々が出ているという理由だけで、オレが朝の五時まで「お前の作品を読み続けて」眠らないようにさせてくれ。……オレが他のことなど言わなくていいようにしてくれ。今夜オレは思うのだが、お前の星々を出してくれと頼んだ後では、他に何を言おうが単なる文学的助言になってしまうだろう。〔*Seymour: An Introduction* 185〕

もしも、ここでシーモアが単数形で「星」と言っていたのなら、それは星座のことではない。だが、彼は複数形で"stars"を出せ、と弟に言っていたのである。ならば、たしかに作家バディー（／サリンジャー）はかつてのシーモアの言葉通りに、「バナナフィッシュ」において自分の星座を出していた、ということになる。

（むろん現実においては、ことの順序は逆である。バディー／サリンジャーは四八年発表の「バナナフィッシュ」でバディーの星座を出した後、五九年の「シーモア序章」において、シーモアがバディーに対して星座を出すようアドバイスする姿を後追いして描いたのである。）

Faux Pas

もしも山羊座への言及が、「若い男」がシーモアではなくバディーであることを明かしてしまう「専門的な小さな間違い」の一つだとすれば、さらに興味深いのは、思わぬ正体の暴露が、「失敗」を意味する表現"faux pas《フォーパ》"〔132〕と、直ちに言い換えられていることだ。

……「シーモア」とされる男は、ぜんぜんシーモアではなくて、奇妙にも、アリー・ウープ（alley oop）みたいで恐縮だが、誰かさんというか、私自身にすごく似ている、というのだ。思うに、それは当たっているし、名匠からバキューン（ping）と糾弾される痛みを感じるぐらい当たっている。このような失策（faux pas）をうまく言い訳できないけれど、あの特定の短編小説が書かれたのは、シーモアが死んで二ヶ月後のことだったし、私自身、小説の中の「シーモア」と現実のシーモア同様に、ヨーロッパ作戦戦域から戻って間もなかったのだ、と言わずにはいられない。その時の私は、錯乱していたというかリハビリがうまくいってないドイツ製のタイプライターを使っていたのだ。［131－132］

ここでサリンジャーは、連続して洒落のような二重の意味を持つ言葉遣いにふけっている。まず「アリー・ウープ」という語句は、実は小文字で記されているので普通は「どっこらしょ」というかけ声を意味する。だが、先に述べたとおり、それは有名なコミックで時空を旅する主人公の名前を含意しているのであった。この語はさらに「バナナフィッシュ」の男の正体が二重になっている――男はシーモアのようでありながら、（アリー・ウープ同様）時空を超えて出現しているバディーでもある――ことの暗示とも受け取れた。また「バキューン」と訳した語〝ping〟も、普通は銃声の擬音語なので、ここでは家族からの非難の声の厳しさを銃弾になぞらえて表現していることになる。バディーが家族からの糾弾という銃弾を撃ち込まれているという奇想《コンシート》は、「アリー・ウープ」の含意を理解している私たちには（バディーではなく）シーモアが受けた現実の銃弾をも起想させるだろう。つまりは、その「バキューン」もバディーをシーモアに重ね合わせる工夫の一つとして響いてくる。実際、次には直接的にシーモアとバディーの共通性――二人とも大戦から帰還したばかり——が明示される。そして今度は「錯乱」と訳した“unbalanced”と「リハビリ」とした“rehabilitated”という語に二重の意味を持たせてたたみ掛けてくる。明らかにそれらの語は戦後間もないシーモアとバディーの精神状態を表現しているようでありながら、実際にはタイプライターの不具合のことを言っているにすぎないのである。タイプライターが均衡を崩したまま（unbalanced）修復されて（rehabilitated）いなかったせいで、「バナナフィッシュ」の男がバディー自身であると家族に感づかれる失策あるいは失言（faux pas）を犯してしまったのだ、とバディーは冗談めかして言い訳しているわけだ。

このようにしつこいほどダブル・ミーニングを帯びた表現が多用されるなかで、“faux pas”（失言）という語は出現する。

表面的には、いわば筆（タイプライター）が滑って男の正体を露見させてしまったことを、サリンジャー／バディーはそう呼んだにすぎない。しかし、サリンジャーはその語にも二重の意味を持たせながら、「バナナフィッシュ」でのバディーの存在を思い起こしているようにも思われるのである。

英語の慣用表現としては“faux pas”はマナー違反や失言を意味する。ただ、それは元々フランス語で、英語に直訳すれば“false step”すなわち「間違った一歩」とでもいうような意味になる。ただし、フランス語の“faux”であれ、それに相当する英語の“false”であれ、どちらにも「人工の」という意味もある。たとえば“false teeth”とは「間違った歯」ではなく「人工の歯」、すなわち入れ歯という意味になる。ならば、思わせぶりな言葉遊びが連続するこの段落で使われている“faux pas"とは、「人工的な一歩」、つまりはそれを踏み出す「人工の足」の意でもあるのではないか。というのも、バディーこそ「義足」だったようにも思われるからである。

かつてシーモアはバディーの「義足」にはっきり言及している。あるとき、妹のブーブーがバディーの作品を読んで、「巧みすぎる（too clever）」［*Franny and Zooey* 69］と批判したことがあった。それを聞いたシーモアが妹をたしなめる言葉遣いは、私たちにとって非常に興味深い。その様子を、バディーは回想している――

シーモアは首を振りながら、私［バディー］にほほえんで言った。巧みさ（cleverness）というのは私にとって治しようのない病、つまり私の木製の足であって、そこに人々の注意を引きつけようとするのは、最悪の趣味だ、と。［*Franny and Zooey* 69］

たしかにバディー／サリンジャーは巧みすぎるかもしれない。それは、これまでの議論だけでも、ある程度は明らかだろう。シーモアによれば、もはやそのような技巧は、バディー／サリンジャーにとって選択可能なものではない。別の形で作品を書くことは出来ない。「巧みさ」は、作家の利点のように思われることもあろうが、シーモアはそれを「治しようのない病」と見なし、「木製の足」すなわち義足と呼んだ（若き日のサリンジャー自身、「巧みに書こうと無理している（strained so for cleverness）」と編集者に批判され、作品が不採用になっていたようだ［Yagoda 233］）。過度な技巧、すなわちバディーの義足性とでも呼ぶべきものは、作家の変更不能な個性なのであり、いわばアイデンティティーの一部なのであろう。だから、そこをからかうことは、他人の義足をじろじろ見つめるのと同じぐらい悪趣味だ、とシーモアは妹を諭したわけだ。

作家バディーの特徴の一つを「義足」と呼ぶのは突飛な表現のようだが、その比喩は決してその場限りの思いつきではなさそうだ。なぜなら、バディーの義足性は別の箇所でも何度か暗示されているように思われるからである。特に、「バナナフィッシュ」では、そこにバディーがいることのさらなるヒントとして、非常にミステリアスな場面で「義足」への暗示がなされている。だが、「バナナフィッシュ」のその場面――なぜか男が足をじろじろ見つめられるエレベーターの場面――に戻る前に、バディーの義足性についてもう少し付け加えておきたい。

さきの引用では、バディーの義足とは一つの比喩にすぎなかったが、別の箇所では、もう一歩踏み込んだ表現がなされている。バディーにはかかりつけの「足医者」〔*Seymour: An Introduction* 216〕がいるとされるのだ――「私はいつもの足医者のところにいて（I'm at my foot doctor's）……」。歯科医でも眼科医でも精神科医でもなく、ここでバディーは自分の「足医者」なる奇妙な医者の待合室で雑誌をめくっていたことになっている。実にさりげなく、サリンジャーはこんなことまで書いていたのである。ならば、「治しようのない病」であったバディーの「義足」は、比喩にとどまらない可能性さえあるのではないだろうか。

すると、バディーの何気ない冗談も、自分が義足であることをネタにしているようにも聞こえてしまう。あるとき、バディーは薪を作ろうとチェーンソーで木を切っている。すると、ある男に話しかけられ、バディーは驚いて「もう少しで左足を切ってしまうところだった」〔*Seymour: An*

Introduction [161] と言うのである。これは単なる大げさな表現にすぎないようだが、バディーの片足が木製なのではないかと疑ってみれば、自分の木の足まで切って薪にするところだったという意味の冗談にも響くかもしれない。

おそらく、バディーの足に関わるもう一つの挿話とともに、「シーモア序章」という作品が締めくくられているのも偶然ではないだろう。一見、それは何気ない出来事で、世界で一番走るのが速いと空想していた九歳のバディーが、二つ上のシーモアに追いつかれてがっかりした、と要約すれば足るような話に過ぎない。しかし、それを語るバディーはどこか緊張している。「しゃべってしまえ」[244]と思い切って語り始め、そして「やっとこの話を終えられた」[247]と締めくくる。そこには、なにか重大なことが明かされている雰囲気がある。

まず、バディーは「この逸話の解釈に致命的なほど重要なのは、私がスニーカーを履いていたことだ」[245]と物々しく語り始める。そして続けて言う――「世界で最速の少年にとってのスニーカーとは、ハンス・クリスチャン・アンデルセンの少女にとっての赤い靴とほとんどまったく同じなのだ」[245]。いったいどこが同じなのだろうか。

童話の中で、赤い靴は少女に過酷な運命をもたらしていた。あるとき、赤い靴を履いた少女は、死にそうな病人を見捨てて、舞踏会に行くことを選んでしまう。そんな少女に天使が与えた罰は、死ぬまで靴を履いたまま踊り続ける呪いだった。ならば、バディーもスニーカーを履くと思わず走り続けてしまう、と言いたかったのだろうか。だが、童話にはまだ先がある。

踊りを止められない少女は、首斬り役人のところへ向かう。そして、なんと赤い靴を履いた両足を斧で切断してもらうのである。切り離された足はそれでも踊り続け、森の中へと消えていく。一方、足を失った少女は、首斬り役人に義足を作ってもらうのである。

バディーが自分のスニーカーと少女の赤い靴を「ほとんどまったく同じ」と言った理由は、ここにあったのではないだろうか。赤い靴同様、バディー少年のスニーカーも、それを履いている者にいつの日にか「木製の足」をもたらすことになる——そのような運命を、全速力で走っているはずなのにシーモアにあっさり追いつかれてしまうという奇妙な出来事もまた予告しているのかもしれない。

加えて興味深いのは、アンデルセンの童話が少女の罪と罰の物語でもあったことだ。赤い靴は、足から切断された後も少女の前に現れては踊り続ける。その度に少女は自分の犯した罪（舞踏会へ行き、病人の死を招いた）を思い出すのであった。

おそらく同じように、バディーのスニーカーを巡る挿話も彼の消しがたい「罪」と関わっている。それは、シーモアの死に対する自らの関わりのことである。その死に対するバディーの責任、と言ってもいい。「シーモア序章」というシーモアについてひたすら語る作品のエンディングで、バディーはまるで赤い靴の少女のように、死者に対する責任と向き合っている。自分の「義足」を思い起こしながら。

そうであるからこそ、そのスニーカーの思い出を語るのはバディーにとって難しいことだったのだろう。出来ることなら隠しておきたいが、いつかは話さねばならない——「しゃべってしまえ」／「やっとこの話を終えられた」。そんな葛藤の中で、バディーは自分がもう一人の赤い靴の少女であったことを告白しているのではないだろうか。

そう推理してみると、ハタと気づくことがある——あの場面でも、「若い男」は義足の話をしていたのではないか、と。

それは「バナナフィッシュ」の結末近く、男の死の直前に起きた奇妙ないざこざのことである。では、「バナナフィッシュ」に戻りたい。

エレベーターでの出来事

あの「若い男」がビーチからホテルに戻ってくる。そして、見知らぬ女とエレベーターに乗り合わせる。すると、唐突に男は女を叱り出すのであった。自分の足を女がじろじろと見ているように思ったからだ。


「あなたが僕の足を見ているって、僕には分かりますよ」。エレベーターが動き出すと、男は女性に言った。

「何ておっしゃいました?」と女性は言った。

「あなたが僕の足を見ているのが僕には分かります、って言ったんです」

「何をおっしゃいます。私はたまたま床を見てただけですよ」と女性は言って、エレベーターのドアの方に顔を向けた。

「僕の足を見たいんだったら、そう言えばいい。でも、こそこそ見られるのはムカツクんだよ」と若い男は言った。

女性はエレベーター・ガールに「ここで降ろして下さい」と急いで言った。

エレベーターのドアが開くと、女性は振り向きもせずに出て行った。

「僕には普通の足が二つあるんだ。ひとにじろじろ見られてムカツク理由なんてこれっぽっちもないんだ」と若い男は言った。「五階、お願いします」[25-26]

まるで被害妄想のような男の言葉は、彼の精神が病んでいることの証として読まれることもあったであろう。そう解釈すれば、このすぐ後に男が自殺するのもそれほど唐突な出来事ではないと納得できるかもしれない。雑誌掲載当時の一九四八年の読者なら、そう感じることもあったであろう。

しかし、サリンジャーが書き継いだグラス家を巡る様々な作品の文脈の中でこの場面を読み直せば（そして読者がそうするように、サリンジャーは繰り返し死者シーモアを振り返る物語を書いている）、エレベーターでの足を巡るいざこざは、後のグラス家のあの出来事を思い出させるだろう。妹のブーブーがバディーの「木製の足」をあげつらったときのことである。

あのときシーモアは、バディーの作家としての巧みさを「義足」と呼んでいた。そして、そこに注視するのは最悪の趣味だ、と妹を叱っていたのだった。一方、エレベーターの若い男も、女性に自分の足をじろじろ見つめられているように感じていた。そして同じくそれが「最悪の趣味」だからこそ、男は怒っていたのであろう。

たしかに、男は自分には「普通の足が二つある」と言っている。女性も、凝視したことを否定している。しかし同時に、そうではない可能性も示されている。つまり、女性は凝視したのであり、男の足も「普通の足」ではなかった、すなわち、様々な理由から推定されるように、やはり男は「義足」だったという筋である。

少なくとも、私たちがそのように読み解くよう、シーモアが妹を叱った挿話は誘っている。つまりは、そこから遡れば、エレベーターに乗っていた若い男が、後に「義足」性を指摘されるバディーであるように見えるのである。

グラス家の人々は、この若い男がシーモアではなくバディーに似ていると感じていたのだった。それはなにも、男がバディーと同じ山羊座だったからだけではなかった、ということだろう。足を凝視されて怒っているこの場面も、実に「義足」のバディーらしかったに違いない。

しかし、それにしてもこの若い男は本当にバディーだったのだろうか。

簡単に整理しておきたい。シーモアが妹を叱ったとき、人の目を引く義足を持っているとされたのはバディーであった。そしてバディーの義足性は、足医者やアンデルセンの「赤い靴」への言及によって、たびたび暗示されていたのだった。また、「バナナフィッシュ」で男が山羊座であるという情報を漏らすことで、“faux pas”（失言／人工の一歩）を犯してしまったのもバディーだった。その結果、あの若い男はシーモアではなくてバディーだ、とグラス家の人々に読み取られてしまった。家族とは、チェーンソーで片足を切りそうになったというバディーの内輪ネタも読み落とすことなく笑うであろう熱心な読者だ。だから家族にとって、あのエレベーターで足をじろじろ見られる場面も、それ自体もう一つのバディーの「失策」でもあったはずだ。アリー・ウープのように時空を超えて、バディーがひょっこり出現していると家族たちは確信したことであろう。やはり、若い男はバディーなのだ。

しかし、あのエレベーターの場面が解決不能な曖昧さの中にあったことも忘れてはならない。それを度外視して、私たちは男がバディーだと断定することは出来ない。あの男は義足で女がそれを凝視したようだが、同時に、男は「普通の足が二つある」と言い、女も見たことを否認していたのだった。そのどちらが真実なのか、私たちには決められない――男が怒っているからには、女は男の足を見ていたのであり、女が嘘をついていることになる。しかし、男の言うように女が足を凝視していたのなら、それは男が義足だったことを示唆するので、そうなると「ごく当たり前の足がある」という男の主張の方が嘘になる。

このように、男が「普通の足」なのか（義足なのか）どうか、決められないようにサリンジャーは書いている。

巧妙である。何の脈絡もなく、突然怒り出して叫ぶように発せられた男の台詞は、その内容とは逆に、男の足になにかあることを示唆してしまう。聞かれもしないのに「何もしていない」と言い出す子供は、きっと何かしている。足の異常を否定する男の言葉は、遂行的には、逆の事態を意味してしまう。異常な怒りと強すぎる断定が、逆に疑問を生じさせる。

エレベーターを降りた直後、男は部屋で死んでしまう。だから「僕には普通の足が二つあるん味が。

だ」とは、事実上、彼の最期の言葉である。つまり、男は「自分は義足なのかどうか、バディーなのかシーモアなのか」という潜在的な問いを私たちに遺してこの世から消えた、とも言える。

ここでピンとくるであろう。シーモア少年が「どちらかが死ぬとき」と予言していたことの意味が。

どちらか問題

一見、それは無意味なものとされて、読み飛ばされたのであった。「バナナフィッシュ」の読者なら誰でも、死んだのはシーモアだと了解している。しかし、その十七年後に発表された「ハプワース」では、七歳のシーモアが「ぼくたち［シーモアとバディー］のどちらかがこの世を去るときには、いろいろな理由で、もう片方がそこにいることになる」と予言した。それは、もう確定しているはずの事実を無用な曖昧さでもって表現したに過ぎないようにも見えた。

しかし、そうではなかったのである。むしろ、シーモア少年は驚くべき正確さでもって、若い男の死を表現していたわけだ。

たしかに、死んだ若い男は「どちらか」としか表現しようのない存在だったのである。

それは、有名なウサギとアヒルのだまし絵のようなものかもしれない。描かれた一つの生き物は、ウサギであると同時にアヒルでもある。それを、ウサギと断定することもアヒルと断定することも間違いである。同様に、フロリダのビーチにいたあの男をシーモアと呼ぶのもバディーと呼ぶのも不正確なのである。

だからサリンジャーは一貫して「若い男」と呼び続けたのだった。もったいぶったり、謎めかしたりするために「若い男」と書いたのではない。むしろサリンジャーは極度に正確な言葉遣いをしていたわけだ。男の正体は、シーモア一人でも、バディー一人でもなかった。そのうちの「どちらか」という未決の正体を持つ人物だったからこそ、サリンジャーは慎重に「若い男」と書いていたのである。ならば、六五年に明かされたシーモア少年の「どちらか」という発言も、四八年の時点のサリンジャーの一貫性に、正しく呼応していたことになる。

この長期間にわたって持続された執拗さは、いわば「どちらか問題」が、サリンジャー作品の核心的な問いであることを示唆しているはずだ。では、なぜそれが核心たりうる問いなのだろうか。言い換えれば、シーモア少年が言っていた「いろいろな理由」とは何なのか。どのような理由で「どちらか問題」が提示されねばならなかったのか。

後の議論を先取りして、今おおざっぱな言い方をすれば、一つにはサリンジャーは私たちの頭から理屈を掻き出してしまいたかったのだろう。「どちらか問題」は、通常の理屈への挑戦であることは明白だ。私たちの普通の感覚では、人の正体は一つでなければならない。だから、あの若い男はシーモアか、そうでなければ、バディーでなければならない。それが決定されることなく「どちらか」のままで存在することは、常識では許されていない。逆に言えば、「どちらか」を受け入れるには、通常の理屈を捨てねばならない。サリンジャーは、私たちが当たり前のものとして受け入れている論理さえも疑ってみなければならない世界へと、読者を誘っているようなのである。では、その先には何があるのだろうか。そこには、過去と未来の感覚や、死と生の区別さえ危うくなる世界があるのだが、それは実際に論理を捨てるように説いたテディー――「もしもみんなが物事をあるがままに見ようとするならば、リンゴ［論理］を吐き出しさえすればいいんです」〔291〕――の物語を読む際に、詳しく論じることになるだろう（第3章）。

また「どちらか問題」は、私たちの死生観への挑戦でもあるだろう。今しばらくは、そこに集中したい。「どちらか」の権化であったあの男は、この後すぐに死ぬ。すると、生死に関しても曖昧さの問題が生じることになるだろう。一つの正体を持つ普通の人間ならば、生きているか、死んでいるか、二つに一つである。では、二つの正体を抱え込んで「どちらか」の状態であり続けた男が、銃で自分を撃って「死んだ」ときはどうなるのか。

自殺か他殺か

「どちらか」の男が銃弾をこめかみに撃ち込んだとき、まるで丁半博打のように、銃声は男の運命を生と死に分かち、一人には死を、他方には生をもたらした。「バナナフィッシュ」という作品自体は銃声が鳴る瞬間に幕を閉じるので、その「賽の目」は作品内では描かれない。だが、後の作品群を読めば結果は明らかである。ホテルのベッドの上に転がったのはシーモアの死体だった。「もう片方」であるバディーは生き残った。

だが、バディーは幸運だったのではない。むしろ、大変なものを背負い込んでしまったのである。

シーモア少年は言っていたのだった――「どちらかがこの世を去るときには……もう片方がそ

こにいることになる」。だから、シーモアの死について考えるならば、その死の瞬間に生き残った「もう片方」としてのバディーの存在を勘定に入れねばならない。シーモアの死体は単独で存在しているのではなく、バディーも「そこにいる」のである。ならば当然、シーモアの死を単純な自殺としては片付けられないことになる。

「どちらか」の男が銃の引き金を引いたとき、シーモアが死んで、バディーは生き残った。それをシーモアの視点から見れば、男の死は自殺かもしれないが、バディーの視点から見れば、その死はただの自殺ではないだろう。なぜなら、シーモアだけでなくバディーもまた「どちらか」の男として銃を握っていたはずなのだから。

これが、「どちらかがこの世を去るときには、もう片方がそこにいる」ことの意義であるにちがいない。バディーは単なる傍観者でも証人でもなく、「どちらか」の男として当事者なのである。ならば、私たちはこう問わねばならないだろう――「どちらか」の男が死んだとき、それは自殺だったのか、それとも他殺だったのか、と。

興味深いのは、後にバディーが自分の「アリバイ」を語っていることだ。五七年発表の中編小説「ゾーイ」で、バディーは当時を回想している――

私が［シーモアの］遺体を引き取りにフロリダまで行ったときのことをお前［弟のゾーイ］にもう話しただろうか。私はだらしない男のように、飛行機の中で五時間まるまる泣いていたんだ。［62］

飛行機を降りると、喪服のミュリエルが迎えに来ていた。また「シーモアが自分を撃ったホテルの部屋」［64］には俳句が紙に書き残されていたという。バディーはその時のことを思い出し、シーモアの句を引用して見せさえする。この話の真偽を疑い始めたら、他のなにもかもを疑わねばならなくなるので、バディーの回想は真実として受け取らねばならないだろう。つまり、遺体は間違いなくシーモアのものであったのであり、さらにバディーはシーモアが死んでからフロリダへと飛んだわけだから、崩しようのないアリバイがあったということになる。

普通、アリバイとは無罪の証明である。物理的に現場に存在していないのなら、犯人でありようがないとされる。ならば、バディーはシーモアの死に対して「無罪」なのだろうか。たしかにこれが現実の世界なら、バディーの物理的な肉体はフロリダに存在しなかったのだから無罪である。しかし、サリンジャーの作品世界での「若い男」の存在とは、それとは別の次元にあった。一人の男の正体が同時に二人の男の「どちらか」である状態で存在するなど現実にはあり得ないことである。しかし、サリンジャーは若い男をそのように読めるよう、様々な作品において描き続けたのであった。

このように男の存在が特殊なものであるなら、その死に対する責任もまた、現実の法で割り切れないような、特殊なものであって当然だろう。「バナナフィッシュ」で描かれ続けたバディーの存在の特殊性は、彼の罪の特殊性をも導くはずである。たとえば浮遊する「幽霊」の体重を量るには、普通の人間用の体重計では役に立たないだろう。同様に、あの「若い男」のいわば半分をなすという奇妙な存在であったバディーには、アリバイという天秤――通常の存在・非存在を根拠に有罪か無罪かを判定すること――は、その罪を量るのにふさわしくない。そのような白黒の付け方は、あくまで、人間の正体が一通りに決められることを前提としている。では、バディーの存在の特殊性から生じる彼の罪（責任）の特殊性とは何だろうか。

　おそらく、この問いを提示し、この問いに答えるために、サリンジャーは書いていた。様々な作品で家族の証言などを引きながら、シーモアであるはずの「若い男」がバディーにも見えるように、サリンジャーが執拗に描き続けたのは、特殊な罪を背負い込んだバディーこそ、サリンジャー文学の中心的な主題だったからであろう。単に奇妙な男を書きたかったわけではない。その男の謎めいた死をただ書きたかったわけでもない。その死後、「この世に遺された片方」と自己を規定するしかなくなったバディーが、死者への責任を自ら問い続ける姿を、サリンジャーは描きたかったに違いない。作家はそれを自らのライフワークとしたのであろう。

　つまり、サリンジャー作品のなかからくみ取ってくるべきは、シーモアのトラウマではなくて、バディーのトラウマであるはずだ。若い男の正体がシーモアだけであるならば、自殺へと至った経緯をたどってシーモアの「病」を議論しても良いだろう。しかし、あの男がシーモアであると同時にバディーでもあるならば、男の死で傷／罪を負ったバディーの物語として、さらに言えば（シーモアではなくて作家バディーこそがサリンジャーの化身なのだから）生き残ってしまったサリンジャー自身の物語として、その作品を読むべきではないのだろうか。

バディーの悶絶

では、バディーの特殊な罪とは何か。あるいは、それ以後、彼を罰するかのように苦しめ続ける「トラウマ」とは何か。

おそらく、バディーの特殊な罪と罰とは、彼が「生き残った」こと自体にある。生き残ったことが自らの罪の証であり、同時にそれは自分に科せられた罰でもあるのだろう。この先、「生き残り」という罪と罰が、そのままバディーのアイデンティティーにもなる。どれほど苦悶しようとも、バディーはこれから生き残りの賽の目を引いた者として生きていかねばならない。それは、たとえば「亡くなった人の分まで自分は懸命に生きていく」というような、葬式などで人がよく述べる決意と混同されてはならない。それは全く違う。

あの銃声と共に若い男は二つに分離し、一つはシーモアの死体となり、もう一つはバディーとなった。その死は、シーモアから見れば自殺だが、バディーから見れば他殺である。それは重罪だ。しかし、ただの他殺ではない。元々は自分でもあった「若い男」の半分としてのシーモアを殺したのである。だから、それはやはりバディーにとっても半分は自殺である。その意味で、バディーにとって死者は、文字通り他人ではない。自分でもあったのである。あるいは、生き残ったバディーの半分は、死んだシーモアであると言ってもいい。だから、あの銃声が鳴ったとき、目に見える二人の体は分離したけれども、むしろその瞬間に、目に見えない形で一体化したとも言える。つまりその時、バディーはシーモアに取り憑かれた、あるいはシーモアを背負い込んだのである。

だからこの後、バディーは体の半分が凹んだ存在として、足を引きずるようにして生きていかねばならない。銃で吹き飛ばされた半分は、いわば死んだシーモアがいる場所である。その空白は非存在ではない。自分の体に刻まれた欠損として、常に自分と共にある。自分が「殺した」兄と、常に自分は生きていかねばならない。そのような肉体的な責任を、バディーは負ったのである。それはこれまでバディーを特徴付けていた「義足性」が現実のものとなった、ということでもあるだろう。バディーは「義足の罪人」になったのである。

それが、バディーが赤い靴の少女と「ほとんどまったく同じ」とされた所以であろう。「シーモア序章」の結末で言及された義足の少女の罪と罰の物語は、バディーがシーモアを振り返り続けるその作品を正しく締めくくっていたというわけだろう。

ただし、義足の少女は最後に天に召されて救われる。一方、バディーはその「義足」を作家としてのアイデンティティーとしながら、生き残った片方として書き続けねばならない。高度に技巧的な――それをかつてシーモアはバディーの義足と呼んだ――作家として、つまり、奇妙な予言をシーモア少年にさせるような作家として、死んだ片方であるシーモアについて書き続ける。自分の「義足」――それは罪の印でもあった――を人に見られているのではないかと常に不安になりながら。

実際、自らの義足性に接近せねばならなくなると、バディーは不安にかられていたのだった。「シーモア序章」もいよいよ結末となって、ヤケクソ気味に「しゃべってしまえ」と思い切ってはみたものの、結局はアンデルセンの「赤い靴」に触れるだけに留まった。にもかかわらず、その果てには「やっとこの話を終えられた」という具合に疲れ切った。

まるで冷や汗でも流しながら七転八倒するかのようにバディーが苦しんでいたのも無理はない。それは、彼の回りくどい話が、エレベーターの若い男の「正体」につながっていたからである。それは、足をじろじろ見られたと激怒した男がバディー自身でもあったとほのめかすに等しかった。つまり、直後に男が銃の引き金を引いたとき、シーモアだけでなく自分も同時に引き金を引いたと認めることでもあった。シーモアの死に対するこのような重い責任を自ら背負っているがゆえに、バディーの語りは異様なほど言い渋ったりためらったりして韜晦に満ちているのであろう。

結局、バディーも自分の「義足」を人には見られたくないのである。しかし、彼は半身を失った生き残りという存在（シーモアの死が自らの生を根底から規定している存在）として、足を引きずって生きていくしかない。そこで作家バディー／サリンジャーは、北東部ニューハンプシャー州の寒村に引きこもり、ひっそりと執筆することを選んだ。そしてその果てには、自分の原稿――サリンジャー版の赤い靴の物語――が誰にもじろじろ凝視されることがないように、金庫にしまい込んだのである。

二人の拍手

だとすれば、サリンジャーが引きこもったのは、必ずしもプライバシーを守りたかったからというわけではないのであろう。あのエレベーターで、男が自分の足を凝視されたと女性に怒っていたのは、足がプライバシーの象徴だったからではない。男はプライバシーを侵害されたという大まかな怒りを発していたのではなかった。あの足には自分の正体の秘密——義足性——が隠されていたから、過剰に反応したのであろう。そしてその直後に「若い男」が死ぬと、その二重性をバディーは背負い込むことになった。バディーという人格の半分が死者シーモアによって成り立つことになった。それは同時に、死者に対する責任／罪が体の一部となったということでもある。バディーはいわば罪深い怪物ミノタウルスのようなハイブリッドになってしまった。そしてその姿は、ちょうどミノタウルスが迷宮の中に閉じ込められねばならなかったように、サリンジャーにしてみれば、外に出てきて注目を浴びてはならないと感じられたに違いない。

　バディーという人格が、半分は死者シーモアによって成り立っているのなら、作家としてバディーが書く作品もまた、半分はシーモアという死者が書いていることになる。作家バディーがサリンジャーの化身であるならば、サリンジャー自身もまた、自分が書くものは死者が半分を書いていると感じていたのかもしれない。ならば、サリンジャーがパブリシティーから尻込み——著者の写真掲載を断ったり、講演や朗読会などを開かなかったり——していたのも当然ではないだろうか。自分は怪物《フリーク》であり罪人であり半分の著者に過ぎないのだから。

　しかしこの不安は、呪いであり同時に祝福でもあった。なぜなら、この「ミノタウルス性」が、サリンジャー独特の声を生み出したに違いないからである。

　そんなハイブリッドな正体を、作家バディーは嫌がっているところがある。生前のシーモアはすでにそんな未来を見通していたようだ。あるとき、あらかじめバディーを慰めるかのように、作家としてのいわば二重の正体を受け入れるように促している。シーモアはバディーが書き上げたばかりの原稿を読むと、今度は自分の番だとでも言わんばかりにペンを取る。同じ部屋にバディーが寝ているというのに、わざわざバディーに宛てて手紙を書き始めるのである。そしてその中で、まずシーモアが明かしたのは、自分が経験したばかりの書き手としての二重性なのだった。数時間前、自分が同僚宛に書いた手紙が「すごくお前［バディー］みたいな口調になった」［*Seymour: An Introduction* 182］と言うのである。そしてすぐに二重の正体を発揮するかのように、シーモアはバディーの視点から考え始める――

　思いついたのだが、もし事の次第が入れ替わって、お前［バディー］が手紙を書いていてオレみたいな口調になったとしたら、お前は気にするだろうな。オレはそんなことはすぐに忘れられる。オレは毎日この世自体に悲しくなることはあるけど、それ以外に悲しいことが残っているとすれば、お前が動揺すると知っていることだ、つまり、もしお前の言っていることがオレみたいに聞こえるとブーブー［妹］やウォルト［弟］に言われたりすれば、お前は気にするだろう。盗作したと非難されたように受け取って、自分の人格が傷つけられた気にもなる。オレたちが時々同じようなことを言うのは、そんなに悪いことかい。オレたちの間の細胞膜はそれほど薄いんだ。どっちがどっちのものかなんていちいち気にする必要はないんじゃないか？［183］

細胞膜と訳した語“membrane”は、元々はラテン語で皮膚という意味である。つまり、バディーの作家性——書いたりしゃべったりして言葉を生み出すこと——にシーモアの言葉が刻印されていることを、シーモアは、皮膚を共有するという肉体的な一体性のイメージを喚起させながら語っている。いわば二人は作家としてハイブリッドなのであり、それを自分の人格の否定と捉えないようにと諭しているのだろう。

極めつきなのは、これをバディーが書き写しているという事実である。シーモアのペンが記したこれらの言葉（バディーに宛てたシーモアの手紙）を、今度はバディーのペンが一言一句トレースして、それを自らの作品の構成要素としているのだ。こうして、まさにバディーはシーモアと「作家」として一体となっている。その時、バディーは、えも言われぬ気持ちになる。その直前、バディーは言っていたのだった——「一、二分もすれば、その長いメモ［シーモアがバディーに宛てて書いた先ほどの引用］を一言一句再現することで言いがたい気持ち（「嬉しい気持ち」ではしっくりこない）——言いがたい『白紙』の気持ちになるつもりだ」［177］。

白紙（blank）とは、バディーにしてみれば、作家としての自己を失うことを指してもいるのだろう。それでは作家としての「人格が傷つけられた気にもなる」かもしれない。しかし同時にそれは「嬉しい気持ち」では表現しきれないほどの祝福にもなっている。自己の半分を失いながら、すなわち死者を自己の半分として獲得しながら、つまりは死者シーモアとともに作品を書く特異な作家にバディーがなることを、シーモアはあの手紙の中で見通していたようだ。

いや、読者にしてみれば、それはあの銃声が鳴ったときから明らかだった。すでに、あの「若い男」が一発の銃声をとどろかせた時、銃を撃ったのはシーモアなのかバディーなのか、あるいは自殺なのか他殺なのか、と区別する問いは必要なかったのだった。シーモアの言葉を借りれば「どっちがどっちのものかなんていちいち気にする必要はないんじゃないか？」ということである。むしろあの音は、二人で同時に出している音なのであった。さらに言えば、二人がいなければ生まれることのない音だったのである。それは、この後書かれることになる作家バディーの作品が、そのようなものになることを告げる号砲なのでもあった。

例えれば、あの銃声は拍手のようなものだったのである。それが右手の音か、左手の音かを議論することには意味がない。両手が音を出しているのだから。実は、サリンジャーはそのことを「バナナフィッシュ」の物語が始まる直前にも記していたのだった。

第2章　両手の音

公案を裏返す

「バナナフィッシュ」を巻頭に収めた短編集『ナイン・ストーリーズ』には、献辞と目次の間の頁に、エピグラフとして一つの禅の公案が記されている。

　二つの手による拍手の音を私たちは知っている。しかし、一つの手による拍手の音とは何か。（"We know the sound of two hands clapping. But what is the sound of one hand clapping?"）

　この公案は、白隠慧《はくいんえ》鶴《かく》禅師（一六八五～一七六八）の「隻手音声《せきしゅおんじょう》」として知られている［白隠 芳澤訳注 3］。その意図するところを、白隠はこう述べている。

　隻手の工夫とはどういうことか。今、両手を相い合わせて打てば、パンという音がするが、ただ片手だけをあげたのでは、何の音もしない。……この隻手の音は、耳で聞くことができるようなものではない。思慮分別をまじえず五感を離れ、四六時中、何をしているときも、ただひたすらにこの隻手の音を拈提《ねんてい》して行くならば、理屈や言葉では説明のつかぬ、何とも致しようのない究まったところに至り……意識の根源は撃砕され、この迷いの世界もまた根本から粉砕されており、ありのままの真実を見届け、行動する智恵がそなわり、一切を正しく見透すことができるもろもろの智徳の力がそなわっていることを確信できるのである。
〔9－10〕

この後さらに「隻手の声を聞き届けるならば」と繰り返しながら、隻手の音の公案について考えることの効能を白隠は説いている。音が両手から聞こえてくるのは当然である。そこで、片手の音とは何かを考えることが、その常識を見つめ直す機会となり、日常の論理を超えていけるかもしれない。少なくとも白隠は、「片手の音」という無音に耳を澄ませば、人は「この迷いの世界」から悟りに至りうると述べている。

このように禅の公案は論理的に矛盾する問い（「片手の音とは何か」）によって常識的な世界観を破壊しようとするのが特徴であろうが、「バナナフィッシュ」を読む私たちにとって隻手の公案は、一度それを裏返さなければ公案にはなり得ないだろう。なぜなら、「バナナフィッシュ」の世界では、片手の音の方がこれまでの常識だったのだから。あの物語を読む人々は、普通はその結末で片手の音を聞くのであって、両手の音に耳を澄ましたりはしない。その音とは、もちろんあの銃声のことである。

結末でシーモアが右のこめかみを撃ち抜いたとき、一発の銃声が轟いていた。普通、私たちはその音をシーモアの右手が単独で出した、いわば「片手の音」として聞いてしまう。「バナナフィッシュ」に限れば、私たちが知っているのは両手の音ではなくて、片手の音の方なのである。だから、白隠の公案（二つの手による拍手の音を私たちは知っている。しかし、一つの手による拍手の音とは何か）を、私たちはこう言い換えるべきだろう――「『バナナフィッシュ』では、一つの手による音を私たちは知っている。しかし、二つの手による音とは何か」。

この問いに対し、サリンジャーは「バナナフィッシュ」全体を通して丹念に答えていくことになる。物語の冒頭から、片手なのか両手なのかという問いが発せられているのは、そのためだったはずである。

片手片足のミュリエル

出だしの第一段落でいきなり焦点が当てられるのは、シーモアの妻ミュリエルの左手なのであった。冒頭、彼女は爪にマニキュアを塗り終えようとしている。同時に、彼女のいるホテルの部屋では、電話が鳴っている。しかし、ミュリエルは電話に出ることよりも、左手のマニキュアを仕上げる方に集中する。その様子が、次の二つの段落でも描写されている。これ以後、左手の爪が乾くまでの間、すなわち物語の前半、彼女は右手一本で行動することになる。

電話が鳴り続けるなか、彼女はマニキュアの小さなブラシを手にして、小指の爪の仕上げに、月の線を目立たせた。それからマニキュアのビンにフタをして、立ち上がりながら、左の――濡れた方の――手を前後に振って風に当てる。乾いている方の手で、吸い殻でいっぱいの灰皿を持ち上げると、座っていた窓から電話があるナイトテーブルまで運んで行く。整えられた二つのツインベッドのうちの一つに座ると、五、六回電話が鳴った頃に受話器を取った。
「もしもし」と言いながら、彼女は左手の指を広げて、スリッパの他に唯一身につけている白いシルクの部屋着から遠ざけた。指輪は浴室に置いたままだった。［4］

左手のマニキュアが乾いていないので、ミュリエルは右手しか使えない。まずは灰皿を持ち上げてベッド脇のテーブルまで運び、そしてそれを置いて、今度は受話器を持ち上げたわけだ。こうして、物語前半の主人公であるミュリエルは、両手があるのに片手しか使わない人として描かれるのである。この点を強調するために、彼女はことさらに左手をひらひら振ったり指を広げたりしているようにも見える。

両手か片手かの問題を巡るドラマはさらに続く。ミュリエルの電話相手は自分の母親で、話題はもちろんシーモアであった。そんな二人の会話が物語の前景として進行していく。しかし、その裏でサリンジャーは、今度は手ではなく足について丹念に描き始めるのである。いつミュリエルが脚を組み、ほどき、そしてまた組んだのか、注意深く記述していくのだ。

母と娘が、シーモアお気に入りの詩人リルケについて話している場面で、ミュリエルは一度脚を組んでいる――「『ええ、お母さん、ドイツ語だろうと関係ないのよ』と娘は言って、脚を組んだ」［7］。

一見、これは何気ない描写だけれども、ここでミュリエルが脚を組んだことをサリンジャーははっきり記憶している。というのも、この後五頁にわたって母娘の会話を描いた後、組まれていたミュリエルの脚がほどかれる瞬間をサリンジャーは忘れずに報告するからだ――『いいえ、結構よ』と娘は言って、組んでいた脚をほどいた」[13]。

そして今度は、二人の会話が終わる直前に、サリンジャーはもう一度ミュリエルの足を描くことになる――「『シーモアのこと分かってるでしょ』と娘は言って、脚を再び組んだ」[13-14]。ここでサリンジャーは「再び」と書いている。つまり、前に一度ミュリエルが脚を組んだことを作家は覚えていたのである。ならば、それより六頁ほど前に、さりげなくミュリエルが脚を組んだのは、実は作家としてはさりげないことではなかったわけだ。それは二度描かれるに値する仕草であって、そのことにサリンジャー自身が意識的であった、ということである。

では、脚を組む組まないの違いにどんな意義があるのだろうか。おそらくそこには、ミュリエルが二本足で普通に歩くか、一本足で飛び跳ねながら動くかを描き分けるという目的があったのではないだろうか。

そう考えざるをえないのは、実に奇妙な場面が描かれているからである。一度目にミュリエルが脚を組んでから間もなく、サリンジャーは彼女にちょっとした移動をさせている。シーモアに憤慨している母に、ミュリエルが「ちょっと待って、お母さん」と言った後のことだ――「彼女はタバコを取りに窓のところまで行って、火を付けると、ベッドの席まで戻って来た」[8]。

当然読者は、ミュリエルがベッドから窓際まで二本足で歩いて行ったと想像するであろう。この直前に「彼女は脚を組んだ」という描写があるものの、移動するときには脚をほどいて歩くのが普通なのだから、サリンジャーが「脚をほどいた」という描写を省略したとしても目くじらを立てなくていいではないか、と思う人も多いだろう。しかし、サリンジャー自身が読者にそのような寛大さを許さないのである。脚をほどいたと書かなかったのは、単に省略したわけでもうっかりしていたわけでもなく、意図的なものであったとサリンジャーは言外に主張しているからだ。その言外の主張とは、先ほど確認した「脚を組む」「脚をほどく」ことに関する丹念な描写のことである。

　それらをたどり直せば、なんとミュリエルが「組んでいた脚をほど［く］」瞬間は、彼女がタバコを取りに行った後に訪れていることが分かる。先ほど述べたとおり、その後（「組んでいた脚をほどいた」後）、サリンジャーは「脚を再び組んだ」ことを描写していたわけだから、ミュリエルの脚が組まれているか否かに作家自身が注意しつづけていたことは疑い得ない。ならば、ミュリエルが七ページで最初に脚を組んだ後、八ページでベッドから窓のところへタバコを取りに行った際、その行為は一三から一四ページで脚がほどかれてから「再び組［まれる］」より前になされたのだから、その時の彼女の脚は組まれたままであったと考えざるを得ないのである。

　つまり、ミュリエルは二本の脚を組んで、まるで一本足のようにぴょんぴょんと跳ねて窓際へ行き、そこでタバコに火を付けて、一本足のままベッドまで戻ってきたに違いない。サリンジャーはミュリエルを両足があるのに片足で歩く人としてこっそり描いていたのである。

　これは気まぐれではない。サリンジャーは足の話だけをしていたわけではなくて、手に関しても同じことをやっていたのだから。

そもそも、ミュリエルが窓とベッドの間を移動するのはこれが二度目であった。一度目には何が起きていたのか思い出されたい。あのとき彼女は、左手のマニキュアが乾いていないので、右手一本で灰皿を持ち上げてベッドのところまで運んでいたのだった。つまり、一度目の移動では、両手ではなく片手であることが示され、それに呼応して、四頁後の二度目の移動では、今度は両足ではなくて組まれて一本になった足が暗示されていたわけである。

こうして「バナナフィッシュ」は、片手／片足の物語として幕を開けた。

だからこそ、物語の前半部を占めるミュリエルと母親の会話が終わる直前に、サリンジャーはもう一度、ミュリエルの片足性とでも呼ぶべきものに触れねばならなかったのだろう——『ええ、お母さん』と娘は言って、体重を右足にかけた」[14]。律儀にもサリンジャーは、ミュリエルが右手一本を使い続けていただけでなく、ケンケンしていた足もまた右足であったことまで分かるようにして、前半部を締めくくったのである。

このように物語の前半は、シーモアの奇行を巡る母娘の会話が主要な関心であるように見せながら、その裏ではサリンジャーはしつこくミュリエルの片手や片足について描き続けた。このようなサリンジャー／バディーの極度な技巧性を、シーモアは作家の「義足」と呼ぶことになるのだが、どうやらその言葉の選択は、故のないことではなかったようだ。そしてこの後もさらに、片足／片手の物語は続くのである。

シビルの片足、男のこめかみ

物語の後半では、今度は別の人物が実際に片足で歩いてみせる。浜辺で「若い男」が少女シビルと戯れている場面で、ミュリエル同様に右足一本で少女が飛び跳ねるのである。

彼女は彼の二三歩先を走って、自分の左足を左手でつかむと、二三度跳ねた。
「そうしてくれたおかげで、どれだけ全てがはっきりするか、君は思ってもみないだろうね」と若い男は言った。
シビルは自分の足を放した。[20]

シビルの片足歩きによって、この「若い男」は「全てがはっきりする」と言う。私たちにとっても、これは「やっぱり」と納得する瞬間であろう。ついに片足で歩き出す少女が登場してきたのである。これまで、人の眼を欺くかのように密かに描かれ続けていた片手／片足問題が、この瞬間、まるでヴェールを脱ぐように派手に提示されたわけだ。

しかし、私たちの「やっぱり」は、男の「はっきり」とは違う。納得のレベルが違う。私たちにとっては、まだ「問い」が確定したに過ぎない。ミュリエルがマニキュアを塗った左手を振り回したり、脚を組んだまま移動したりしているのに首をかしげていた私たちは、シビルが片足で飛び跳ねるに及んで、やはり「なぜ片足／片手なのか」と問うべきなのだと確信できたのである。一方、男は「全てがはっきりする」とまで言っている。問いだけでなく、答えまで分かってしまった、という勢いだ。私たちが正しい問いに行き着いた瞬間、男はもう答えにまで到達したと宣言しているようだ。

(片足で歩く少女を見て、男は自分もまた「片足」であることに気付いたのだろうか。すなわち自分の正体の半分が「義足」のバディーであることに。振り返ってみれば、「全てがはっきりする」という男の言葉は、そのように聞こえるかもしれない。)

なんであれ、このあと私たちは、先行する男に追いつくことになる。それは、男が自分の頭を銃で撃ち抜き、一発の銃声を轟かせる瞬間である。この時、私たちは男の「答え」を聞く。

もう一度、その場面を振り返りたい。そこには小さいけれど恐らく大切な仕掛けがあった。ここまでサリンジャーは片手片足にこだわり続けてきたのだった。しかし、彼は男が「自殺」したとき、決して右手で撃ったとは書かなかったのである。

[26]

彼は銃のスライドを引いた。それから空いているツインベッドのところまで行って腰を下ろし、あの娘を見て、ピストルの狙いを定め、自分の右のこめかみを銃弾で撃ち抜いた。

「右のこめかみ」としか書いていないにもかかわらず、男は右手を使ったのだと読者はほとんど自動的に受け取る。つまりは、片手で撃ったと考える。むろん、男の正体が「一人」であるならば、そう考えるのが自然だろう。ただし、その時に読者が聞くのは「片手の音」ということになる。

しかし、前章で詳しく論じたように、このとき男はシーモアであると同時にバディーなのであった。それゆえ、サリンジャーは男をシーモアと名指すことを避け、慎重に「若い男」と呼び続けていたのだった。もしも、このような私たちの読みが正しくて、男の正体が「二人」であるならば、男の手は二人に属していることになるだろう。おそらくそれゆえに、サリンジャーは男が「右手」で撃ったと書くことを避けて、「右のこめかみ」としか書かなかった。そしてそれは、男の特殊な手から響いてくる銃声が、私たちの耳に「両手の音」として届くようにするためでもあったに違いない。その音は、その場にシーモアとバディーという二人の存在が一つのものとして存在してはじめて鳴り響く音なのであった。そもそも、男が死ぬ瞬間に二人の存在が必要不可欠だったからこそ、シーモア少年は「誓って言うけど、ぼくたちのどちらかがこの世を去るときには、いろいろな理由で、もう片方がそこにいることになる」［"Hapworth" 60］と言っていたのだった。したがって、「バナナフィッシュ」の最後に私たちが行き着いたのは、「もう片方」の存在を必要不可欠とする音、すなわち「両手の音」だったはずなのである。

これが、白隠の公案に対するサリンジャーの答えなのだろう。

サリンジャーのひねりは手が込んでいる。先ほど触れたとおり、白隠は、両手の音が当たり前なものであって、「片手の音」こそが聞くことの難しい音だと考えていた。しかし、サリンジャーはむしろ「片手の音」の方を当然のものとした。言い換えれば、音を出す前提となる手の数が白隠の場合は二本、すなわち両手だったが、サリンジャーはそれを一本、すなわち片手にすることを目論んだ。そしてそれに従って、「バナナフィッシュ」を初めから書いていたのである。

振り返れば、サリンジャーは結末に至るまで、白隠とは逆の前提を築こうとしていたことが分かる。ミュリエルが片手片足しか使わず、少女が片足で跳ねて見せていたのは、そのためであった。二人には両手両足があるが、片手や片足で行動する。つまり「両手なのに片手」（あるいは「両足なのに片足」）という振る舞いをサリンジャーはパターン化した。そしてそれを物語の結末でひっくり返す。つまり、「片手なのに両手」（「片足なのに両足」）へと劇的に反転させる。

エレベーターでの一件は、その始まりでもあったのである。男が「僕には普通の足が二つあるんだ」と奇怪な主張をしたのは、この物語が反転を始めたことの兆候と見てもいい。この男の「義足性」については既に詳しく述べた（第1章）。エレベーターで女の眼差しに晒された男は、いわば片足なのに両足であるという不思議な人物を演じることになった。物語も残すところ二頁のみとなったこの段階で、これまでミュリエルやシビルが体現していた「両手／両足なのに片手／片足」から、男が体現する「片足なのに両足」へと物語はひっくり返り始めたのである。

さて、足の数の逆転を描き終えた今、サリンジャーに残された仕事は、むろん手の数の逆転、すなわち「片手なのに両手」を描くことだけであった。そして、それがあの銃声で表現されていたわけである。

私たちが聞こうと努力すべき音は、白隠の言うような片手の音ではなく、むしろ両手の音なのだ。そう結論するためのさらなる一ひねりだったのだろうか、サリンジャーはその銃声を無音として描いている。

実は、あの銃はまだ鳴っていなかったのである。これまで、私たちの議論の当否には直接関わらなかったので、銃声は響いたものとして論じてきた。けれども正確に言えば、サリンジャーは「自分の右のこめかみを銃弾で撃ち抜いた」とだけ書いて、ペンを置いていたのだった。

つまり、あの銃声はページの余白にしか響いていない。だから、もしもその「無音の両手の音」に耳を傾けようとするならば、読者は余白へと一歩踏み出さねばならない。物語の外へと進み出なければならない。そして、恐ろしいことだが、そこで人々は十七年間待たされ続けたのである。

この作品が雑誌に掲載された一九四八年を生きていた人々が、その音を真の意味で聞き届けるには、このあとサリンジャーが「ゾーイ」や「シーモア序章」などを書き、そして「ハプワース」を書き終える一九六五年まで待たねばならなかった。それらの作品の中で、既に死んでしまった男シーモアが命を吹き返し、バディーの義足を指摘した妹を叱ったり、スニーカーを履いたバディーを追いかけたり、さらには七歳に若返ったりするのを辛抱強く待つことなしには、読者はあの銃声を正確に聞き分けることは出来なかったのである。

しかも、それはただの待ち方ではなかった。普通、人が待つのは未来の到来である。ところが、読者は過去の到来を待たされた。男が若返るまで、すなわち、男の遠い過去（少年時代）が読者の現在へと到来するまで。そのような逆説的な待ち時間を経験した読者は、そこでさらなる時間の逆転を目の当たりにする。今度はシーモア少年が時間を再び折り返し、遠い未来における自分の死を予言するのである。十七年という歳月――過去が恐ろしくゆっくり現在に到来するのに費やされた時間――は、その予言――未来が一足飛びに現在に到達すること――を受け入れるための、いわば準備期間だったとも言えるだろう。

ところが、その頃には読者は待ちくたびれてしまったのであった。やっと少年の予言に巡り会ったというのに、もうだれも「どちらかがこの世を去る」という重大な予言に反応しなくなっていたのである。銃弾が放たれ、その銃声が正しく響く――両手の音として受け取られる――ように種明かしされるまで十七年もかかってしまったのだから、それも仕方がないであろう。かつて『ライ麦畑でつかまえて』の主人公ホールデンは、こう言っていた――「ただ女の子のブラジャーをはずすのにオレは一時間ぐらいかかっちゃってさ。やっと外したときには、その子はオレに向かってつばを吐きそうな感じだったよ」[122]。その女の子同様、読者もそっぽを向いてしまったわけである。しかし、これがサリンジャーの独特な時間感覚(それについては次章で詳述する)なのかもしれない。

白隠は、片手の無音に耳を澄ますならば「一切を正しく見透すことができる」境地に至る、と言っていた。もしも、あの無音の銃声が白隠の公案への答えならば、そこにはサリンジャー流の境地が開けているのだろう。ならば、私たちはもうしばらくサリンジャーの入念すぎるペースに合わせて作品を読み解くことで、あの両手の音に耳を傾け続けてみたい。

Glass が Glass を打（撃）つ音

仮にあの銃声を、ビリヤードで二つの球がぶつかるときの音のようなものとして聞いてみるとどうだろうか。二つの球が音を生み出し、そして一方がポケットに落ち、他方がテーブルの上に残る。「バナナフィッシュ」においては、落ちたのが死者シーモアで、残ったのが生者バディーということになるだろう。

すでに序章で提示したこの比喩は、単なる思いつきとも言えないのである。実は、シーモアについてバディーが語る「シーモア序章」で、サリンジャーはビリヤードに言及していたのだった。それが二人にとって特別なゲームだったことが、物語の結末近く、あの赤い靴のエピソード――バディーの義足性の暗示――の直前で語られている。まるで、その危険な暗示の準備をするかのように、バディーは「ポケット・プール」（ビリヤード）について、そして同じく二つの玉がぶつかり合うビー玉遊びについて、意味深なことを語り始めていたのだった。

かつてシーモアが得意にしていたゲームを思い出しながら、バディーは言う――

特に三つのゲームを思い出す。ストゥープボール、ビー玉遊び、ポケット・プールだ（プールについては、またこんど論じねばならない。私たち二人にとって、プールはただのゲームではなくて、ほとんど宗教改革みたいなものだった。成人してからも、重大な危機がある度、たいていその前か後かに球を突いていた）。ストゥープボールというのは……〔231〕

「重大な危機」に自殺が含まれないはずもないだろうから、シーモアが妻とフロリダに旅立つ前に弟とポケット・プール（ビリヤード）に興じた姿を私たちは想像してもいいであろう。ただし、それは不穏な想像かもしれない。英語では、「ビリヤードをする」は“shoot pool”と表現する。言うまでもなく“shoot”には銃を撃つという意味もあるので、ビリヤードのテーブル上で一つの球が他方の球に向けてショットされるときも、あの「若い男」のこめかみに銃弾が撃ち込まれるときも、英語では同じ動詞が使われうる。だから、若い男の運命を知っている私たちにしてみれば、その直前で二人がビリヤードをシュートしたと想像するだけで、少々緊張してしまうのである。

その上、バディーはビリヤードが宗教改革に匹敵するとまで言う。球を突く（shoot／撃つ）ゲームを、魂の救済に関わる一大事のごとく言うのである。やはりこのとき、その直後に発せられた（shot された）フロリダでの銃弾――自分たち兄弟の運命を生と死に分けたショット――のことをバディーは思い浮かべているのだろうか。しかし、バディーは「プール［ビリヤード］」については、またこんど論じ」ると述べるだけで、それ以上の説明はしない。

その代わりに、この後バディーは、ストゥープボールとビー玉遊びにおけるシーモアの奇妙な振る舞いについて語る。前者のゲームではシーモアが「普通の右利き」［232］にしてはおかしなボールの投げ方をしていたり、一人二役を演じていたりしていて、なにかとあの場面――一人二役だった若い男が「右のこめかみ」にいわば両手で銃弾を撃ち込んだ「バナナフィッシュ」の結末――を思い起こさせて興味深い。しかし、あの銃声を正しく聞き取ろうとしている私たちにとってより大切なのは、ビー玉遊びの方かもしれない。それは、単にビー玉遊びが明白にshoot《撃っ》する遊びだからではない。それも大切なのだが、私たちがここで注目したいのは、なによりその遊びの思い出に浸っているバディーが一つの音の話をしていることである。

さて、バディーが言うには、子供の頃のシーモアはビー玉遊びの達人だった。彼らの遊び場は、マンハッタンのアッパー・ウエストサイド、マンションが建ち並ぶ区域の一方通行の道だ。まず、スタートラインに立つ最初のプレイヤーが、縁石に沿って六、七メートルのところにビー玉を転がす。次のプレイヤーは、同じラインからそのビー玉めがけて、自分の玉を投げる。普通は、でこぼこな路面や縁石で不規則にバウンドして、なかなか当たらない。こうして失敗すると、今度はたいてい二番目のプレイヤーのビー玉は最初のビー玉の近くにあるから、逆に当てられて負けてしまう。バディーによると、先に投げようが後に投げようが、シーモアの勝率は八、九割だったという（シーモアがどれほどの名人であっても勝率十割はありえない。なぜなら、シーモアが後攻の場合、先攻である相手が最初の投擲で的中させると、戦わずして負けになるからである。だから、八、九割の勝率とは、シーモア自身が的を外すことはほぼなかったということだろう）。

しかし、そのように高い勝率であったにもかかわらず、シーモアは勝ちに執着していたわけではなかった。むしろ、自分が勝っても、勝ったのが誰なのか分かっていない様子だったという。

シーモアは自分のビー玉を撃った（shot）あと、ガラスを打つガラスのカチッと反応する音を聞くと、満面に笑みをたたえるのだが、それが誰の勝利の音なのか、いつも分かっていないようだった。だから事実として、新たにシーモアのものとなったビー玉を、たいていいつも誰かが拾い上げて、シーモアに手渡してやらねばならなかった。

ああ、やっと書き終えた。〔244〕

ここでシーモアが shoot するのは、銃弾ではなくビー玉だ。そして、そのとき響く音は「ガラスを打つガラスのカチッと反応する音（a responsive click of glass striking glass）」と表現されている。だが、これはちょっと妙な書き方ではないだろうか。

サリンジャーは、ビー玉（marbles）がビー玉にぶつかる音と書かずに、わざわざ「glass を打つ glass」の音と書いた。素材であるガラスの方にフォーカスしたのである。そしてこの記述のあと、作家バディーは「ああ、やっと書き終えた」と嘆息する。この後、すでに見たように、赤い靴の挿話を書き終えたときにもバディーは同じような反応を見せたのだった。「シーモア序章」という物語も終わりに近づいて、バディーはいちいち苦労しながら、書かねばならないがなかなか書けない何かに接近しているようだ。

さて、なぜサリンジャーはビー玉ではなく"glass"と書いたのか。ここで私たちは「バナナフィッシュ」の後半の始まりを思い出すだろう。そこでは、シビルの"see more glass"という言葉が Seymour Glass と聞こえるように工夫されていたのだった。そのときサリンジャーは、小文字の glass を大文字の Glass（名字）のように使っていた。ならば同様に、サリンジャーが「ガラス（glass）とガラス（glass）がぶつかる音」と表現したとき、そこに「Glass（シーモア・グラス）

とGlass（バディー・グラス）がぶつかる音」という意味をも込めようとしていたのではないだろうか。もしそうであれば、バディーが書きにくそうにしていたのも納得がいく。つまり、二つのビー玉のぶつかる音とは、実は二人のグラス兄弟のぶつかる音――あの銃声――でもあったことになるからである。

ビー玉の音はあの銃声でもある、と私たちが感じるのには、さらなる理由がある。このビー玉遊びでも、「若い男」が死んだ時と同じように、いわば「どちらか問題」が生じているのである。七歳のシーモアの予言は、若い男の死をシーモアかバディーかどちらかの死としていたのであった。読者からすれば、あの銃声が響いたあとに死んだのはシーモアであったことは明白であった。にもかかわらず、サリンジャーはどちらが死のうが生きようが銃声さえ響けば本質的な違いなどないかのように、シーモア少年に「どちらか」と表現させたのであった。

では、ビー玉遊びではどうか。二つのビー玉の当たる音が聞こえたとき、シーモアはこう反応していたのであった――「ガラスを打つガラスのカチッと反応する音を聞くと、満面に笑みをたたえるのだが、それが誰の勝利の音なのか、いつも分かっていないようだった」。ビー玉遊びをしていた他の少年たちは、それをシーモアが勝った音として聞いた。しかし、シーモア少年にとってその音は単純な勝利の音ではなかった。どちらが勝ってどちらが負けたのか、よく分からないような音なのであった。あの銃声を二人のグラス兄弟のうち「どちらか」が死ぬ瞬間としてシーモア少年が見通していたように、二つの「グラス」（ビー玉）が音を発したときも、彼はそれを「どちらか」が勝った音としてしか聞いていなかったのである。

シーモアと他の少年たちの違いは、勝利への執着にあるようにも見えるかもしれない。少年たちは勝ち負けが全てであるかのように熱中し、一方のシーモアは超然としている。まだ子供なのにいかにも悟っているふうで、早熟な天才の雰囲気を醸し出しているようにも見える。しかし、それは正確な理解ではないだろう。常に大切なのは、ある挿話が他の挿話とどのように結びついているのか、すなわちその挿話がどのような関係のネットワークの中にあるのかを意識することだ。なにかの意味とは、そのもの自体の中にあるのではなくて、そのものと他の様々なものとの関係の中からしか浮かび上がってこないのだから（しかし、その関係のネットワークも、ただ大きく広げればいいというものでもない。たとえばある人物を理解しようとするのに、その家族や友人や同僚などとの関係の中に置いてみるのは有意義だが、曾祖父母の代までさかのぼる必要はあまりないだろう。地球の環境にしても、近接する月や太陽の重力の影響は受けているが、それより遥かに大きな重力を持つブラックホールやその前の超新星爆発であっても、遠く離れすぎていたら地球に何の影響もない。文学研究も同じで、風呂敷を広げすぎると無意味な議論になりがちである）。さて、このビー玉のエピソードの場合も、それ単独ではなく、ある程度広い関係の中で理解したい。つまり、ここで私たちは、『ナイン・ストーリーズ』のエピグラフを思い出したいのである。

白隠の隻手の公案のことである。あの銃声を聞いたとき、多くの読者はシーモアが死んだ音として聞いた。それは同時に、銃声を「片手の音」として聞くことでもあった。しかしサリンジャーとしては、その音を「両手の音」として響かせていたのだった。「若い男」が二人のグラス兄弟として読めるようにあれこれと工夫していたのは、そのためであった。同じように、ビー玉遊びをするシーモア少年も、ビー玉の音を「片手の音」ではなく「両手の音」として聞いたということだろう。

だからこそ、それは「ガラスがガラスを打つ」音として表現された。当然、ビー玉の音は一つのビー玉（glass）からは生じない。それは、二つの「グラス」がぶつかることがなければ聞こえては来ない「両手の音」である。そして、そこから再びあの銃声へと折り返せば、それがまさに「グラスがグラスを撃つ（Glass striking Glass）」音であったこと、すなわち「若い男」を共に構成するシーモア・グラスとバディー・グラスが生み出した自殺とも他殺とも言える銃声であったことがはっきり理解できるであろう。

このような意味で、ビー玉が当たるときのカチッという極小の音は、ページの余白で響いたあの無音の銃声でもあったと言える。ここではその音を、まだ生きているシーモア少年が聞いている。

このとき、シーモア少年は「満面に笑みをたたえ」ている。それは、むろんビー玉遊びで勝利したからではなかった。この瞬間、シーモアは二つ／二人のグラスが生み出す「両手の音」——白隠の公案に対するサリンジャーの答え——を聞き取っていたからに違いない。

あんまり狙わないようにしたら

だが、ビー玉の話はここからが少々難しい。あの銃声（ビー玉の音）に関しては、まだ私たちがまったく議論していない大きな謎が残っていたのだった。

それは、なぜサリンジャーがシーモア少年に予言させたか、という問題である。シーモアの死から十七年後、事実上最後の作品となった「ハプワース」で、サリンジャーは天才少年シーモアに自分の死を予言させたのだった。そのなかで自分の死を「どちらか」の死として見ていたことは、すでに何度か詳述したとおりである。しかし、そもそもなぜ予言という形にしたのか、という当然の問いは脇に置いていた。少年が二十年以上先の自分の死を予言したりすれば、多くの読者はあきれてしまうだろうに、なぜサリンジャーはそんなことを書いたのか。なぜ「若い男」の死が予言の成就という形にされねばならなかったのか。

その謎を解く鍵がビー玉遊びなのだと思う。ビー玉遊びとあの銃声をつなぐ真の線はここにある。

その時、バディーは夕暮れの道で友人アイラとビー玉遊びをしていた。そこにシーモアがぶらぶらと歩いてやってくる。そして、弟に「あんまり狙わないようにしたら」〔*Seymour: An Introduction* 236〕とアドバイスする。さらに「狙って相手をヒットしたとしても、それはただの運ということになる」〔236〕と実に謎めいたことを言う。

バディーは少々イライラして「ぼくが狙ってるのに、なんで運ってことになるの？」〔236〕と言い返す。そこでシーモアは説明する――まるで未来の自分の死について解説するかのように。

「相手のビー玉――アイラのビー玉――にヒットしたら、お前は喜ぶだろ、そうだろ。喜ばないかい？　それで、もしも誰かのビー玉にヒットしたときに喜ぶとしたら、お前は心のどこかでヒットすることをあんまり期待していなかったってことになる。だからそこにはちょっとした運があることになるし、そこには密かに相当な偶然がなければならないわけだ」〔236〕

バディーの喜びは勝つことにある。そしてシーモアは、その勝利が「相当な偶然」の産物であることを指摘している。すなわち、シーモアによれば、バディーは勝利だけでなくそれを可能にした幸運あるいは偶然を喜ぶわけである。

このあと、バディーの喜びは、シーモアの喜びと対比されることになる。あの満面の笑みのことである。二つのビー玉が当たった音に喜んでいたシーモアの様子は、この引用のあとに描かれている。まず、勝利や幸運に喜ぶとされるバディーの姿が描かれ、次にシーモアの特殊な喜びが描かれたのである。だから、このバディーの喜びを巡る場面は、私たちがシーモアの満面の笑みを理解するための準備のようなものとして読むことができる。すでに私たちは、シーモアの喜びとは「両手の音」を聞いたことから来ると考えたのだった。だが、それでは正確さが足りなかったようだ。

その音の真価は、偶然（と対概念である必然）という要素を考慮してこそ正しく理解できるのである。

バディーを喜ばせたのは、勝利の他に「幸運」なのであった。その点に、シーモアの指摘の独自性があった。「お前は勝利を喜んでいる」という指摘は誰にでも出来るし、バディーもそれに反論することはなかった。しかし、「お前は幸運を喜んでいる」という指摘は奇妙であり、それにはバディーも即座に食ってかかっていたのだった――「ぼくが狙ってるのに、なんで運ってことになるの？」

意図しているのだから偶然ではない、とバディーは思っている。しかし、シーモアは逆に、意図しているのだから偶然だ、と言うのである。つまり、シーモアによれば、バディーが一生懸命狙っているのは、外してしまう可能性もあると思っているからだ（「お前は心のどこかでヒットすることをあんまり期待していなかった」）。ならば、どんなに一生懸命に狙おうとも、どんなに強く意図しようとも、バディーのビー玉の狙いはどこかで偶然に頼っていることになる（「そこには密かに相当な偶然がなければばならない」）。本質的にバディーの技は、いわば当たるも八卦当たらぬも八卦のレベルにある。

だとすれば、これは私たちが序章で議論していたことではなかっただろうか。

シーモアの予言のことである。ミチコ・カクタニを始め多くの批評家は、七歳のシーモアの予言――「これも誓って言うけど、ぼくたち［シーモアとバディー］のどちらかがこの世を去るときには、いろいろな理由で、もう片方がそこにいることになる」――を、いわば的を外した予言（ビー玉）と思い込んだに違いなかった。その重要な予言を彼らが受け流したのは、予言にありがちな間違いだと感じたからだろう、と私たちは考えた。言い換えれば、彼らは「心のどこかで」、シーモアの予言にも「ちょっとした運」が介在する余地があると思っていたわけである。

しかし、シーモアの予言は当たったり当たらなかったりする占いではなかったのであった。第1章で議論したとおり、男が死ぬ時期ばかりではなく、その男が「シーモアかバディーのどちらか」としか言えないような特殊な存在であることまで、予言通りに実現したのであった。

私たちの議論が正しいとしたら、この見事なまでの予言の的中は何を意味していたのか。男の死が予言の完全な成就であるとされたのはなぜか。その答えが、ビー玉遊びの中にあるわけだ。

勝ち負けでも生死でもなく

ビー玉の的中は偶然であってはならない。そうシーモアは考えていた。ならば、シーモアの「自殺」――グラスとグラスがぶつかった瞬間――にも偶然の要素が全くなかったということであろう。だからこそ、それは予言可能だったのである。だが、それだけではない。もし偶然が関わっていないのであれば、あの銃声が響いた瞬間には生きるも死ぬも区別がなくなっていた、と理解せざるを得ないのである。

それは、こういうことだ。もしもゲームにおいて偶然の要素――シーモアの「偶然」の定義には「人間の意図」も含まれている――がないのならば、人々にとって勝ち負けの概念は成り立たなくなる。ビー玉がビー玉に当たるという現象を勝ち負けとして解釈するには、たとえバディーのように無自覚であっても、偶然／意図の要素を受け入れることが必要になる。

シーモアが指摘したとおり、どんなに狙いを定めようとも、ある程度は偶然に期待しているからこそ、自分のビー玉が相手の玉に当たって勝利したときにバディーは喜びを感じていたのだった。ビー玉を当てようと意図しているバディーの気持ちの根底には、これからどうなるのか分からない（未来は分からない）というドキドキ感があったからこそ、結果が出たときの喜び（勝利の喜び）が湧いてくる。では逆に、ビー玉遊びに偶然の要素がなく、プレイヤーの意思も玉の行方に全く関わっていないとしたらどうだろうか。すると当然、本質的な意味では勝ちも負けもなくなってしまうだろう。

それは、たとえば、起きている全てが必然であるゲーム、いわば神様が主導する完璧な「八百長」試合を想像すれば自明なことだ。現実世界ではあらゆる玉の軌道がシナリオ通りという八百長はあり得ないが、ここでは玉の動きを左右するあらゆる要素——ビー玉を投げる勢いや狙いだけでなく、道路の凸凹具合や通行車両から来る振動、空気の流れ、蝶の羽ばたき等——がランダムなものではなくて、何らかの必然によって支配されていると想像してみる。

たしかに、そのように完全な「八百長」でも、当然だが一つの玉が他方に当たるという現象はある。しかし、それで勝った負けたと興奮することはできないだろう。あるのはただ、あらかじめ定められた必然のコースをたどった一つの玉がもう一つの玉と衝突するという現象にすぎず、そこに勝負の醍醐味はない。プレイヤーも、そのような場で表面的に勝つにせよ負けるにせよ、そこから喜びも悔しさも感じるはずがない。ゲームを見ている観客も、「勝者」を賞賛する気にはならない。「八百長」ゲームには、勝者も敗者もいないのである。

こう考えてみると、ビー玉遊びをしていたシーモアが勝敗に無頓着だった理由がはっきりするのではないか。それは、彼のビー玉遊びには偶然／意図の要素がなかったからに違いない。少なくともシーモア本人はそう感じていたので、勝ちや負けという評価を下すことがなかった(「それが誰の勝利の音なのか、いつも分かっていないようだった」)。だから当然、彼が見せた満面の笑みは自分の勝利から沸き起こったのではなかった。

シーモア少年にとって、あるのはただ二つの「グラス」がぶつかる音だけだったのである。衝突という現象そのものに、彼は価値を見いだしていたのだ。自分の玉と相手の玉の距離がゼロになったときに生じる音、いわば二つの玉が皮膚(membrane)を共有する瞬間の音のみに、シーモアは満足していたのだった。

では、この理屈――偶然/意図がなければ、ビー玉の衝突という現象から勝ち負けの意味が消え去る――を、ビー玉遊びに重ねられたもう一つのグラスの衝突、すなわちシーモア・グラスとバディー・グラスがぶつかった「自殺」事件に当てはめるとどうなるのか。すると、奇妙で少々恐ろしい結論が導かれるのではないだろうか。あの「自殺」には死者も生者もいない、と私たちは考えざるを得なくなるのである。

フロリダのホテルでグラスとグラスがぶつかった。私たちはそれをビリヤードテーブル上でぶつかる二つの球としてイメージした。一つはポケットに落ち、他方はテーブルに残った。落ちたシーモアは死に、残ったバディーは生きている。そのような衝突現象を、勝ち負けの視点から見てみるとどうなるだろうか。ビー玉遊びでは、ぶつけられた方が負けで、ぶつけた方が勝ちだ。ビリヤードでも球の衝突後、どの球が落ちたかが勝負を左右する。基本的には多くの球か最後の球を落とした方が勝ちとなる。そこで、フロリダでのグラス(兄弟)の衝突で分かたれた生死を、ビー玉やビリヤードの球の衝突で分かたれる勝敗に相当すると見なしてみる。つまり、ポケットに落ちた／死んだシーモアが負け、（生き）残ったバディーが勝ち、としてみる（ここでは仮定にとどまっている「落下＝死」という図式は恣意的なものではない。第4章で詳述するように、サリンジャーの代表作『ライ麦畑でつかまえて』では、落下とはすなわち死であることが明確にされているし、聖書の創世記でも、人間に死をもたらした「原罪」はＦＡＬＬすなわち「落下」と呼ばれている）。

では、そのような二人のグラス兄弟の生死を賭けたビリヤードにおいて（二人は実際に、「若い男」がフロリダへと旅立つ前に、おそらくビリヤードを突いていたのだった）、二つの球（グラス）の衝突に偶然の要素が全くなく、全てが必然だったとすればどうなるのか。そこにも一つの球が落ち他方が残るという現象はある。しかし、それを勝ち負けの視点で解釈することは出来なくなる。同様に、グラス兄弟の衝突に偶然や人間的意図の要素がなく、全てが予言通りに展開しているのなら、たとえシーモアが死んでバディーが生きているという現実的な現象はあっても、彼らの生死の違いを私たちは喜んだり落胆したりという感情をもって受け止めることは出来なくなる。

実際、サリンジャーの作中人物の一人は、自分に死期が迫っているにもかかわらず、「そのどこが悲劇的ってことになるんでしょう。……僕は単に、そう決まっていることをやるだけですよ、そうでしょう」［*Nine Stories* 295］と言ってもいる。「バナナフィッシュ」の読者も、自らこの境地を垣間見るのである。

ビー玉遊びをするシーモアが「誰の勝利の音なのか、いつも分かっていな［かった］」ことを思い出されたい。ならば私たちも、あの銃声を聞いて「誰が死んだ音なのか、分からない」と言うのが正しい反応なのだろう。あの銃声／二人のグラスの衝突音を、誰が生き残って誰が死んだ音なのかと聞き分けようとすることに意味はないのである。

すでに私たちは、あの銃声をグラスがグラスに衝突したときに生じる「両手の音」として聞いていた。それを右手の音だ、いや左手の音だ、と区別することはできなかった。ここで新たに、その衝突が偶然ではなかったという要素を考慮に入れれば、あの銃声とは生と死の意味的な区別をも無効にする音でもあったことが分かるであろう。

逆に言えば、あの銃声が生死の違いを消し去る音であったことを明確にするために、サリンジャーは十七年後に「ハプワース」でシーモア少年の予言――あの死から偶然／意図の要素を排除する仕掛け――を必要としたのだろう。その予言はミチコ・カクタニが嘆くほど奇天烈なものではあったが、それは単なる突飛な思いつきだったのではなく、サリンジャーなりに生死について考え詰めた果てに要請されたものだったに違いない。男の「自殺」が必然のコースをたどった果ての死であったと明確にすることで、サリンジャーはあの銃声を単なる死の音ではなく、生と死の区別をなくしてしまう音――生と死の間にある距離を一気にゼロにする音――へと変換して見せたのである。

したがって、読者にしてみれば、「バナナフィッシュ」の突然の幕切れを生と死を分かつドラマとして読むのはシーモア的ではない、ということになる。そう読んでしまうとしたら、それはビー玉遊びの勝ち負けに一喜一憂する少年たちや、あるいは神の「八百長」試合に手に汗を握って興奮する観客のようなものだろう。それは偶然や人間的意図を無反省に信じている者たちのなせる業だ、と少年シーモアならみなすだろう。私たちが集中すべきは、衝突の音そのもの——生き残るグラスと死にゆくグラスの距離がゼロになる瞬間の音——なのだ、とシーモアは言うであろう。

（ただし、厳密に言えば、「神による八百長ゲーム」というモデルは実は適切ではない。未来もまた定められたレールの上にあるという考え方は分かりやすいが、私たちが無意識に受容している「川のように流れる時間」という前提に汚染されてしまっている。後に詳しく見るように、サリンジャーはむしろ「海のような時間」を信じているようだ。つまり、過去も未来もこの現在と同じ地平にある、という時間観である。シーモア少年に未来が見えていたのは、未来が定まっているから「神の八百長ゲーム」というより、未来もまた現在にあるからであろう。シーモアにとって、未来とは「今ここにないもの」ではなくて「今ここにあるもの」なのである。しかし、ここでの議論——未来とはまだ到来していない時間であると信じるバディー少年を否定することが、同時に、生死の区別の否定でもあるということ——には、私たちが持つ「川のような時間」を再検討することなく想像可能な「神の八百長ゲーム」というモデルで十分機能するということである。私たちの常識的な時間観を再検討するのは、次章まで待たれたい。）

そのような、生と死に対する一見奇妙な捉え方を、サリンジャーは人間にとって一つの究極の境地であると意識していたに違いない。その少々分かりにくい話を、サリンジャーはシーモアのビー玉遊びを描きながら、さらに続けることになる。そのとき、彼がさりげなく言及するのは日本の弓聖、阿波研造である。

日本の弓聖の教え

それはシーモアのビー玉遊びの元ネタなのであろう。二つのグラス（ビー玉／グラス兄弟）の関係は、弓道での矢と的の関係にほかならないようだ。バディーのビー玉遊びの思い出話はまだ続く――

シーモアが道の反対側の縁石に立って、アイラ・ヤンカウアーのビー玉を自分の玉で狙うんじゃないと私を指導してくれた時――その時、シーモアが十歳だったことを忘れないで欲しい――私が思うには、弓術を習いたての弟子が的に向かって自分の矢で狙おうと意図でいっぱいになっているときに、それを禁じる日本の名人の教えと、どこかとても近いものにシーモアは本能的に到達していたはずだ。弓術の名人が弟子に許すのは、いわば大文字の狙いであって、小文字の狙いではないのだ。［241-242］

バディーが相手のビー玉に自分の玉を当てようと躍起になっているとき、彼はいわば「小文字の狙い」をつけているに過ぎなかった。弓術の名人には「大文字の狙い」という別のやり方があるという。シーモア少年がバディーに与えたアドバイス――「狙うんじゃない」――は、適当に投げろという意味ではなく、弓術の名人の大文字の狙いに通じているのではないか、とバディーは振り返って考えている。

ただ、これ以上バディーは「シーモアのビー玉撃ちに関するアドバイスと禅弓術を比較」［242］することはしない。なぜなら自身が「禅弓道家でも禅仏教家でもないし、まして禅の専門家でもないから」［242］だという。そこで今度は、シーモアのビー玉遊びに似たものとして、タバコの吸い殻を小さなゴミ箱へと放り投げる技を持ち出してくる――「その技の達人にたいていの男性喫煙家がなれるのは、吸い殻がゴミ箱に入るかどうかとか、自分を見ている人が部屋に居るかどうかとか、あるいは吸い殻を投げる自分自身がそこに居ることさえも、まったく気にしていないときなのだと思う」［243］。

結果を気にすることなく、他人の視線を感じることもなく、それゆえ自意識からさえも解き放たれて吸い殻を投げる。それは歴史の一コマとして残ることなどない、アパートの一室での一瞬の出来事だが、これこそが「大文字の狙い」の実現なのであろう。つまりは、人間的な意図に汚されていない投擲なのであろう。

このような「狙わないこと」を巡るバディーの一連の言葉は、自身が簡単に触れたとおり、実際に日本の弓術家の教えに通じているとみていい。その弓術家とは、弓聖と呼ばれた阿波研造（一八八〇～一九三九）であることが分かっている［Takeuchi "Zen Archery" 56］。

サリンジャーが阿波について聞き知ったのは、オイゲン・ヘリゲルというドイツ人哲学者の著作を通してであった。元々ヘリゲルはマイスター・エックハルトを始めとするドイツ神秘主義の研究者で、一九二四年、哲学と西洋古典語を教えるために東北帝国大学に赴任した。禅仏教への関心から、その精神を反映していると聞いた弓道を習うことに決め、阿波に指導を乞うたのだった。その時の経験を綴ったのが『弓と禅』である。五三年にサリンジャーと交際していた女性ジーン・ミラーは、その年のクリスマスに『弓と禅』をプレゼントされたと証言している[Shields 241]。同書に対するサリンジャーの思い入れは強かったようだ。

さて、阿波の元でヘリゲルは苦労した。修行を始めて一年たったが、なかなか上達しない。そんなヘリゲルに阿波は無心になるようにと説く。そのときの助言は、タバコの吸い殻投げについてバディーが述べていたこととどこか通じている。阿波は言う——

「あなたの一番の欠点は、まさにあなたがそのように立派な『意志』を持っていることです。あなたは、矢がちょうどよい時だと『感じ』、『考え』た時に、矢をすばやく射放そうと『意欲』され、意図的に右手を開いています。つまりそのことを意識しています。あなたは無心(absichtslos)であることを学ばねばなりません。……完全に無我であることがうまく出来るようになれば、射はうまくいくでしょう」[ヘリゲル　魚住訳 27-28]

無心になるためには、「弓を射る一時間前から出来るだけ落ち着いて、正しい呼吸をして、自らを内的に調えること」[29]を必要とするものなので、そのような準備もなしに「吸い殻を投げる自分自身がそこに居ることさえも、まったく気にしていない」境地に達してしまうバディーは、修行の真剣さにおいては阿波とは異なっている。しかし、二人が説いていることの主旨自体は似通っていると見ていいだろう。

実際、稽古を始めて五年ほど経ち、その境地に至ったときのことを語るヘリゲルは、タバコの吸い殻投げについて語っていたバディーとどこか似ている――

私の方でも、中《あ》たりは全くどうでもよいと思えるようになった時に、師が完全に賞賛する射が増えていきました。射る時に、私の周りで何が生じようが、もはや私には何の関係もなくなりました。射る際に、二つの眼、あるいはそれ以上の眼が見つめているか否かも、私には関係がなくなったのです。[39]

バディーはその状態をこう表現していたのだった――「吸い殻がゴミ箱に入るかどうかとか、自分を見ている人が部屋に居るかどうかとか、あるいは吸い殻を投げる自分自身がそこに居ることさえも、まったく気にしていないとき」。吸い殻を矢に、ゴミ箱を的に読み替え、さらに部屋での視線を射手や師匠の視線と入れ替えてみれば、バディーの言葉はほとんどヘリゲルそのままのようだ。

このような無心の境地にヘリゲルが至ったのには、一つの大きなきっかけがあった。なんと、阿波が的を狙うことなく矢を射って見せたのである。それまでヘリゲルは、どうしても弓を引く手を意図的に動かしてしまっていた。あるいは無心になろうと意図してしまうのだった。それでもヘリゲルは稽古を始めてから四年後、これまでのように巻藁に向かってではなく、初めて的に向かって射ることになった。そこで師が「的にとらわれてはいけません」[34]と言うので、ヘリゲルはまた困惑してしまう。

「しかし、的に中てるためには、狙わねばなりません」[34]とヘリゲルが言うと、阿波は再びこう指導する――「あなたは〔的を〕狙ってはなりません。的のことも中たりのことも、何も考えてはいけません」[34]。

ビー玉を一生懸命狙っているバディーに対し、シーモアが「あんまり狙わないようにしたら」と助言したのは、バディーがそう振り返ったとおり、たしかに「〔狙い〕」を禁じる日本の名人の教えと、どこかとても近い」、つまり阿波研造の言葉と同主旨であることは明らかである。

では、狙わないでいるとどうなるのだろうか。すでに私たちはビー玉遊びに関して、その先の境地を論じていた。ビー玉名人のシーモアにとっては、その狙いに偶然も意図もなかった。するとどうなったか。勝ち負けの区別が消失し、そこから衝突音だけが聞こえてきたのだった。そのような流れを、もう一つのガラスの衝突――二人のグラス兄弟の銃声――に当てはめてみれば、その衝突は偶然の要素を全く含まない必然の出来事だったゆえに、そこから銃声が響いた瞬間には、生と死に本質的な違いもなくなっていたことが分かるのであった。それは、撃つ者（生き残る者）と撃たれる者（死ぬ者）の区別がなくなった音でもあったのだった。

そんな議論を経た私たちにとって、この後に続く阿波の言葉は特別に興味深い。なぜなら、ヘリゲルに「狙ってはなりません」と指導した後、ただちに阿波は射る者と射られる者の一致を説き始めるからである。それは同時に、生と死が一致する境地のようにも聞こえるのではないだろうか。

阿波は矢を放ち、的の真ん中を射貫いてから、ヘリゲルにこう言う。


「よく御覧になりましたか。私が、沈思する時の仏陀の絵のように、眼をほとんど閉じていたのを。私が眼をそのように閉じていると、的は次第にぼんやりとなり、やがて的が私の方に来るように思われ、私と一つになります。……的が私と一つであることは、仏陀と一つであることを意味します。……あなたは的を狙うのではなく、自分自身を狙うのであれば、あなたは自己自身に中たるのであり、同時に仏陀に、そして的に中たるのです」［34-35］

阿波は一生懸命に的に狙いを定めるようなことはしない。目をほとんど閉じてしまっている。それは人間的な意図を排した射である。だが、ここで阿波は、単に狙わないことを説いているのではなく、その先の出来事も語っている。的は次第にぼやけ、ついには射手である自分と的が一つになるという。つまり、自己と対象の距離がゼロになるという境地である。

射手と的が一体なら、射手が的を射貫くとき、射手は自分自身をも射貫くことになる。阿波はそのような射を「一射絶命」［96］と表現したという。この境地に達したとき、射る者は同時に射られる者になる。当然そのとき、射手から生と死の区別は消えてなくなる。それを阿波は、生きながらにして仏陀と一つになると言ったのかもしれない。射手と的の距離がゼロになるとは、生と死の距離がゼロになる状態なのであり、それゆえに、いわゆる生死一如の境地に達することができる、ということなのだろう。

そして当然、二つのものの距離がゼロになったときには、そこから音が聞こえてくる。「拍手」の音が聞こえてくる。

暗闇の音

ヘリゲルもまたその音を聞くことになるのである。

阿波に対し、ヘリゲルは自分がまだ「狙わずに中てることを理解出来ず、どうしても習得出来ないことを」[36]打ち明ける。すると阿波は「あなたを先に進ませるためには、もはや最後の手段があるだけだ。あまり使いたくない手だが」[36-37]と言って、夜の道場へと向かう。果たして、そこでヘリゲルに悟りをもたらしたのは、一つの音なのであった。

的のそばには、砂に立てられた線香が一つだけ点っている。的に向かって立つ阿波は光の中にいるが、「的は深い闇の内にあり、線香の火でやっと見える」[37]程度だった。阿波は二本の矢を取る。そして、阿波が講じた「最後の手段」をヘリゲルはこう記述する。

師は甲矢《はや》を射た。私は衝撃音で矢が的に中たったことが分かった。乙矢《おとや》も命中したのが聞こえた。師は私に二本の矢を見てくるように言われました。甲矢は、まさに的の真ん中に刺さり、乙矢は、甲矢の筈《はず》に当たって軸を割いていた。……

師は……次のように言われました。

「[甲矢の筈に当たった]乙矢はどうか。これは『私に』起因することではありません。『私が』中てたのでもありません。こんな暗闇の中で狙えるものか、あなたはとくと考えて下さい。これでもまだ狙わなければ中てられないという思いに止まろうと思われますか」[37-38]

狙わないで射ることを弟子が理解できないのならば、暗闇の中で的を射貫いてみせるしかない。阿波はそう考え、ヘリゲルの前で実演した。一本目の矢が的を射貫いたのはともかく、二本目が一本目の軸に重なるように中《あた》ったのにはヘリゲルも驚愕した。阿波の弟子だった安沢平次郎によると、このときヘリゲルは的のところで長い間「声もなく座り込[む]」[54]ほどの衝撃を受けていたという。

ただ、私たちの議論にとってもう一つ重要なのは、この奇跡のような出来事を、まずヘリゲルが音として経験したことである。的を矢が射貫くのが見えたのではなく、その「衝撃音」が「聞こえた」のであった。それはヘリゲルにとっては的が暗闇の中にあるからにすぎないのだが、阿波にとってそれはいつものことだったであろう。暗闇であってもなくても、阿波は目を閉じるようにして矢を射っていたのだから。ならば、見るよりも聞くことになる。そのことを、暗闇の道場の静寂に響き渡った「衝撃音」は明らかにしているのかもしれない。

では、なぜこの特別な体験において、目よりも耳が働かねばならないのだろうか。なぜ音なのだろうか。

おそらく、そこには距離の問題があるからではないだろうか。あのとき、阿波はこう言っていたのだった――「私が眼をそのように閉じていると、的は次第にぼんやりとなり、やがて的が私の方に来るように思われ、私と一つになります」。目を閉じると、的が自分の方に近づいてきた。つまり、距離が縮まった。そして、最終的に的と阿波が一つになるとは、まさに距離がゼロになった瞬間でもあった。何かを見るということは、当然、自分の目と対象物の間に距離があることを前提としている。ならば、何かを見ている限り、自己と対象との一体化は難しい。だからこそ、まず阿波は目を閉じたのであろう。あるいはその大切さを示すために、闇の中で矢を射ってみせた。

そのとき、目ではなくて耳が働く。阿波が矢を放つと、次の瞬間には闇の中に的を射貫く音がポンと響いた。「あなたは的を狙うのではなく、自分自身を狙うのであれば、あなたは自己自身に中たる」――そのように射手と的が一つになる瞬間が、後に暗闇の道場に響く音として実現するのには必然性があったのかもしれない。音はむしろ射手と的の距離がゼロになったときにこそ「衝突音」として生じるものなのだから。

ビー玉名人のシーモア少年を喜ばせていたのも、ひとつの音であった。たしかに、バディーに狙うのをやめるよう助言したシーモアは、その点だけでも阿波研造に似ているし、大人になったバディーがその共通点に言及したのも、その先の阿波の境地――射手と的の一致――にまでシーモアもまた至っていたと理解していたからであろう。しかしそれ以上に、そこに音が重要な役割を果たしていることを意識していたからこそ、ガラスとガラスの距離がゼロになった瞬間を、正しく音として——「ガラスを打つガラスのカチッと反応する音」として——表現したにちがいない。

あの銃声も同じである。阿波の矢が偶然や人間的な意図とは一切関係なく、必然の弧を描いて的に中るように、「若い男」が放った弾丸も、少なくとも二十数年前から定められたとおりの弾道で、右のこめかみを撃ち抜いた。それは的を外すことなどあり得ない射であった。この時の「若い男」の射には、撃とうとか射貫こうとかいう小文字の狙い、すなわち意図や偶然や感情が入り込む余地などはなかった。そして、とどろく銃声と同時に、男には生と死の距離がなくなる瞬間が訪れていたのである。

ザ・バナナフィッシュ

ただし、このような読み方は、「バナナフィッシュ」以降の様々な作品を読むこと——シーモアの死の瞬間から七歳のシーモアまで時間を遡り、今度はその時点からの未来であるシーモアの死を見通すこと——によって可能になるのであって、この作品が雑誌に発表された当時の読者には無理な話なのであった。いやそれどころか、そもそも同作品の初期の原稿は、今よりもっと短く、さらに理解しがたいものだったという。

四七年の一月に雑誌『ニューヨーカー』の編集者ウィリアム・マックスウェルが受け取った原稿は、「ザ・バナナフィッシュ」と題されていた。そしてそれは、現在私たちが「バナナフィッシュにうってつけの日」として知っている作品の後半に当たる部分のみ、すなわち「若い男」が少女と海岸で遊んだあとに自殺するだけの物語だったという。ジャーナリストのベン・ヤゴダによると、原稿を読んだマックスウェルは、サリンジャーのエージェントであるハロルド・オーバーにこう返信した——

私たちはJ・D・サリンジャー氏の「ザ・バナナフィッシュ」を部分的に気に入りましたが、この話にはよく分かる筋やポイントが欠けているように思います。サリンジャー氏が近くにお越しの節にでも、私どものところにお立ち寄りいただき、『ニューヨーカー』の作品についてお話ししていただくのはいかがでしょうか。[Yagoda 234]

マックスウェルが困惑したのは、シーモアが理由もなく死んだように見えるからであった[Shields 196]。結局、サリンジャーと編集者の話し合いにより、前半部のミュリエルと母との会話からなる新たなセクションが付け加えられることになったという[Slawenski 159]。

このような経緯で書き足された前半部では、当然ながら結末での男の死があまりに唐突にならないような工夫がなされた。たとえば、そこではミュリエルの母が娘を心配しながら、シーモアには精神的に不安定なところがあると懸念する様子が描かれることになった。ある精神科医が彼女にそう言ったという。

「先生が言うには、軍があの人を退院させたのは、完全な犯罪行為だって——私の言うこと信用してね。先生はお父さんに断言したのよ、あの人は自分を全く抑えられなくなる可能性があるって、それもかなりの可能性だって、先生は言ったのよ。私の言うこと信用してね」

「ホテルにも精神科医がいるのよ」と娘は言った。

「どなたなの。名前は何？」［8－9］

このような台詞から、結末で自殺をした男は「完全に自分をコントロールできなくなっていた」という理解も生まれ得るだろう。

だが逆に言えば、もともとのサリンジャーの意図としては、このような説明的な部分は不要だったということだ。新たな前半でシーモアの名前が口にされてしまえば、後半での「若い男」の正体という作品の核心がぼやけてしまうし、また精神科医が話題になれば、男が死んだのも何らかの精神的な問題のためであるように見えてしまう。しかし結局、まだ二十代のサリンジャーは、『ニューヨーカー』という最高の文芸誌の編集者を前にして、前半部を付け加えることを選んだわけである。

ただし、そのような「妥協」においても、サリンジャーは単純にマックスウェルの言いなりになったのではないようだ。たしかに、表向きは新しくシーモアの奇行を話題にした。車を運転する際の変なクセや、義祖母にいつ死ぬつもりなのかと非常識な質問をしたことなども書き加えた。しかし、その裏でサリンジャーはミュリエルを使って片手／片足の物語を巧みに進行することにしたのであった。それは別の意味で、シーモアの「自殺」をより詳しく語るやり方だったはずだ。

つまり、銃声が片手の音だったのか両手の音だったのかという、自分が「バナナフィッシュ」以降の作品群において深めていく問題を、ミュリエルの手足へと形を変えて初めから提示することにしたように見えるのである。さらに、どうせならということで、後には同作品が採録された『ナイン・ストーリーズ』のエピグラフにも隻手の公案を掲げたのかもしれない。

さて、こうして付け加えられた前半部のおかげで「バナナフィッシュ」は両手の音の物語としては厚みを増した。しかし、その代償として、前半部での母娘の会話ゆえに(マックスウェルの要望通り)若い男の「自殺」に原因でもあるかのような物語になってしまった。そして実際、多くの読者はそのように読んだのである。以来、読者それぞれが自殺の「原因」を思案することが、「バナナフィッシュ」の典型的な読み方になってしまった。

因果の囚人

たしかに、母娘の会話によれば、シーモアは第二次世界大戦から帰還して精神的に病んでいたようにも見える。現在では、戦争経験のような強いストレスの後で精神的な病(PTSD=心的外傷後ストレス障害)が生じることが知られている。特に「帰還兵は、一般と比較して、離婚率や別居率が高く、ホームレス人口に大きな割合を占め、薬物の乱用率や自殺率も高いことが、統計の上で明らかになっている」[鈴木滋 38]という。ただし、兵士と心的外傷について世間が知ることとなったのは「アメリカ軍がベトナムから撤退してから七年後の一九八〇年から」[ダワー田中訳 7]であるので、多くの読者がシーモアの自殺もPTSDによるものだったと考えることとなったのは、比較的最近のことのようだ［Alsen 386、野間 89］。もう少し古い読者は、サリンジャーが傾倒していたとされる東洋哲学に死の理由を探ることもあった。たとえば安藤正瑛は、禅とサリンジャー文学を論じた『アメリカ文学と禅』のなかで、シーモアは目標としていた「人間の心の……究極地」に「ついに至り得ずして、自らその貴重な生命を絶った」［159］と論じている。宗教上あるいは哲学上の絶望が自殺の原因だったという考えであろう。

さらに言えば、このようにシーモアの死の原因をＰＴＳＤや修行不足に求めることは、彼が抱えていた「問題」を現実的な手段で回避することが可能なものと見なす、ということでもある。つまり、もしも優れた精神科医や禅師がいたり、兄思いの弟妹や洞察力のある妻が身近にいたりすれば、シーモアの「悲劇」は防ぐことができた、という希望さえ語られうる。そう考えることは、「バナナフィッシュ」で提示された謎、すなわちシーモアの死が、そのような現実的なレベルで解決可能だと信じることでもある。この世が完璧であれば――たとえば戦争のない世界であれば――シーモアは死なずにすんだ、と考えるということだ。

もちろん一般論としては、そのような読みの価値を否定する必要は全くない。小説の中に現実社会の問題を見いだして、それに対する解答を得ることを読解の目標にすることは、それこそ現実的には意味のあることである。たとえば、そのように読むことで自殺者一般の悩みがよりよく理解できるようになり、その結果、自殺者の数が減るとしたら、そのような読みには実際的な価値があることになる。

しかし、「バナナフィッシュ」後にサリンジャーが様々な作品で行ってきたのは、「若い男」の死がそのように理解されないようにすることだったと見ていいだろう。ここまで私たちが確認してきた様々な挿話は、まるで若かりし日にマックスウェル――シーモアの死に理由を求めた編集者――のために行った「妥協」を、あれやこれやと上書きする仕事だったようにも見える。その死が、人間的な意図によるものでも、偶然でも、ましてや病によるものでもなく、シーモアが子供の頃から定められていた必然の射によるものであることを、手を変え品を変えて示そうとしていたのだから。

言い換えれば、「若い男」の死とは、さまざまな因果関係の外側で生じた出来事なのであった。そもそも、その死は予言の実現であり、死ぬべくして死んだにすぎないのだから、その死を「○○が原因となって、その結果自殺した」というような形で理解することは出来ないはずである。ところが多くの批評家は、シーモアは何らかの悩みを抱えていたから自殺したのだ、という具合に原因と結果の連鎖として理解しようとする。それは、おそらく因果律があまりに有用で根源的で、それゆえに改めて意識できないほど内面化された思考の物差しだからであろう。

しかし、たとえば重さや長さのように物事に広く適用されうる基準であっても、対象によっては何の意味もなさないことがある。当然だが、人間や本の価値をその重量によって評価したり、大学生の成績をレポートの長さで判断したりすることは出来ない。「目方で男が売れるなら、こんな苦労もかけまいに」(「男はつらいよ」星野哲郎作詞)との言葉は、私たちの議論にとっても至言だろう。シーモアの死については、「目方で」量るようなちぐはぐなことが起きがちだからである。男が突然自殺したとなれば、原因は何かと反射的に問い、その勢いで因果の探求へと突き進んでしまう。しかし、なんであれ彼の死の「原因」なるものをどんなに深く広く精密に議論しようとも、それはちょうど本の価値を高精度のデジタル計量秤を使ってマイクロミリグラムまで計量することで納得しようとするようなものであり、そのおかしさは寅さんも理解するはずである。

それでもPTSDにこだわるとすれば、そもそもサリンジャーが因果律の外側で生じる死などという「たわごと」を信じるようになったのはPTSDが原因なのだ、と議論することは可能かもしれない。ただしその場合、所詮サリンジャーの文学などは、受け入れがたい現実を否認して妄想的な世界に逃避しようとする病の一症例にすぎない、と見なすことになりかねない。しかし、そのようにしてまで男の死に因果の物差しを当てはめようとする人がいるとすれば、サリンジャーにとっては格好の非難の対象になるだろう。というのも、これから次の章で論じるとおり、サリンジャーは短編「テディー」で、人がいかに因果律に囚われ、そして因果を成り立たせる時間観の虜でもあるかを描いているからである。

第3章　バナナとリンゴ

最高にうってつけな日

「お前を最高の日してやるぞ、バディー（I'll exquisite day you, buddy）」[*Nine Stories* 253]――短編「テディー」は、この文法的に破格な一文で始まる。「最高の日」を意味する"exquisite day"は名詞句だが、ここでは"you"を目的語とする動詞と化している。主人公の少年テディーに向けて父親が発したこの一風変わったセリフは、私たちの議論には刺激的ではあろう――「少年の名はテディーなのに、バディーと呼びかけられている。ここにもバディーがいるようだ」とか、「サリンジャーの定型破壊は、ついに文法にまで及んだか」とか、さまざまな感想が浮かぶかもしれない。

しかし、「テディー」冒頭の奇妙な一文でなにより目にとまるのは、読み飛ばさないでと言わんばかりに異化された（動詞化された）「最高の日」という言葉であろう。それは、あの"Perfect Day"（うってつけの日）と同じ意味と言ってよい。

「バナナフィッシュにうってつけの日（A Perfect Day for Bananafish）」が雑誌『ニューヨーカー』に掲載されたのは「テディー」発表の五年前のことだ。その「うってつけの日」は、瞬く間に読者の心をつかんでいたし［Shields 198］、掲載二年後には「一九四〇年代に掲載されたもっともすぐれた作品のひとつ」［Slawenski 179］として同誌に選ばれてもいた。「テディー」の冒頭の一行は、そんな初期の代表作「バナナフィッシュ」を思い出すよう、いきなり読者を誘っているようにも見える。

その後間もなく出版された短編集『ナイン・ストーリーズ』では、両作品は最初と最後に位置することになった。つまりは、巻頭の「うってつけの日」で若い男の「自殺」に打ちのめされた読者が、巻末作品の第一行目で再び「最高の日」に出くわすという仕掛けになっている。「テディー」を読み始めた瞬間、読者が「バナナフィッシュ」を思い出すとしたら、そこにはちょっとしたループの感覚も生まれたことだろう。

この後、「最高の日」というセリフに続いて、テディーの家族がいる船室——一家は豪華客船で大西洋を横断している——が描写されると、ますます読者は「バナナフィッシュ」を思い起こすことになる。というのも、その船室には、「ツインベッド」(日本のいわゆるシングルベッド)が二つ置かれていて、それぞれにテディーの父親と母親が寝そべっているからである。このセッティングは「バナナフィッシュ」のラストシーンとほぼ同じだ。「バナナフィッシュ」ではホテルの客室だったが、そこには二つのツインベッドがあり、一方に妻ミュリエルが眠り、他方に死ぬ寸前の夫シーモアが腰掛けていたのだった。二つの作品は、まるで同じ舞台の小道具を使いまわしながら、背景の書き割りと役者を変えて、連続して演じられているかのようでもある。その上、「バナナフィッシュ」ではシーモアは海でひと泳ぎしてからその部屋に戻って来たのだったが、「テディー」では逆にテディーがこの部屋を出た後にプールへと泳ぎに行くのだから、なおさらである。いわば「バナナフィッシュ」は主人公が泳ぎから戻ってくる話であり、「テディー」

は泳ぎに行く話だ。この点でも二つの作品は接続されている印象を与える。

　そしてなにより、どちらの作品も主人公の突然の死で幕を閉じる。「バナナフィッシュ」での若い男の唐突な「自殺」についてはすでに見てきたけれども、「テディー」の結末では子供が空っぽのプールに落ちて死ぬことになる。その時の悲鳴で物語は幕を閉じるのである。この結末こそ最も分かりやすい二つの作品の共通点ではあろう。事実、『ナイン・ストーリーズ』出版直後の一九五三年四月九日付『ニューヨーク・タイムズ』紙では、早くも書評担当のチャールズ・プアが二つの似通った幕切れを指摘し、「バン！　バン！　エンディング」[Poore 25] と呼んで揶揄しているほどだ。

　だが、私たちにとってはそこがポイントではないのである。最も重要な共通点は、主人公らしき人物の突然の死それ自体ではない。そもそも、世には主人公の死で終わる物語は無数にある。だから、『ナイン・ストーリーズ』の最初と最後の作品が突然の死で終わるとしても、それはたまたまそうなっただけだ、という意固地な見方さえ可能かもしれない。

　真に驚くべきことは別にある。すでに私たちは、「若い男」の死をシーモアかバディーかどちらかの死として読み解いていた。実は、「テディー」の結末で子供がプールに落ちて死ぬときも、それがテディー少年だったのか、はたまた彼の妹ブーパーだったのか、どうもはっきりしないのである。誰かが死んだことは間違いない。しかし、その死は「どちらか問題」として、今度は明確に提示されているのである。

「どちらか問題」再び

ここでも、仕掛けはやはり曖昧な予言だった。

そのとき、テディー少年はニコルソンという名の青年と話をしていた。冒頭で描かれた船室を出た後、テディーは船尾のデッキで一心不乱に書き物をする。そこで青年に話しかけられたのだった。二人が言葉を交わすなかで、その予言は口にされる。ちょうど七歳のシーモアが自分の死を予言していたように、テディー少年もまた、結末でプールから悲鳴が響く数分前に、自らの死を語ってみせていたのである。

> たとえば、あと五分で僕は水泳のレッスンに行かなきゃならない。プールへと階段を降りていくだろうけど、プールには水が入っていないかもしれない。水を入れ替える日だったりして。でも、僕はプールの縁まで歩いて行って、たとえば、底を覗いてみるかもしれなくて、その時に妹がやってきて僕をちょっと押すかもしれない。僕は頭蓋骨が割れて即死することもあり得る。［294-295］

少年の話の内容だけに注目すれば、それは衝撃的な死の予言であろう。そして実際に、物語の結末ではプールから悲鳴が響いてくる。どうやら予言は当たったようだ。

［ニコルソンは］階段を半分と少し降りたところで、全てを刺し貫く、長い悲鳴を聞いた。

それは、明らかに幼い女の子のものだった。まるで、タイル張りの四つの壁に反響するかのように、とてもよく響く悲鳴だった。[302]

だが、ここで物語は閉じてしまう。またもや死体は描かれない。「バナナフィッシュ」同様に。そのような結末をサリンジャーは再び選んだ。その結果、少女の悲鳴は、空のプールに落ちる兄を見て発せられたのか、あるいは少女自らがプールの縁から底へと落ちていく間に発せられたのか、曖昧なものに化したのである。

このようにはっきりしない結末は意図的なもので、そこに至るまでには丹念な準備がなされている。先ほどのテディーの予言を振り返れば、そこには「かもしれない」との留保がしつこく描かれていたのだった――「プールには水が入っていないかもしれない。……[僕はプールの]底を覗いてみるかもしれない[い]……その時に妹がやってきて僕をちょっと押すかもしれない」[強調は引用者]。さらには「僕は頭蓋骨が割れて即死することもあり得る」[強調は引用者]という形で、別の可能性があるような言い方もされていたのだった。

さらにこれより前、テディーの死は、いわば二者択一の予言としても提示されている。ニコルソンとの会話に先んじて、テディーはその日（一九五二年十月二十八日）の日記に、「それは今日起きるか、ぼくが十六歳の一九五八年二月十四日に起きる」[276-277]と記してもいたのである。

このように、小説で最後に描かれる悲鳴が一体誰の死を意味しているのか、はっきり決められない書き方が重ねてなされている。それゆえに、熱心な読者の間では、結末で誰が死んだのかを巡ってあれこれと議論されることとなった。
テディーは自分の死を予言していたのだから、普通に読めば、死んだのはテディーであろう。しかし、長大なサリンジャーの評伝を書いたポール・アレクサンダーは逆張りして、テディーが「どうやら妹をプールにつき落として殺したらしい」［アレクサンダー　田中訳175］と述べている。一方、著名なサリンジャー研究者ウォーレン・フレンチは、「恐らく、テディーという十歳の少年が、六歳の妹に押されて、空っぽのプールに落とされる。だが、兄が妹を突き落としたという可能性もある」［French 132］と二つの選択肢を提示している。さらに、サリンジャーに関するウェブサイトを運営している在野の研究者ケネス・スラウェンスキーは、三つの読み方があると言う――

読者には3つの選択肢があたえられていることになる。まず、テディの予告どおり、ブーパーが兄をプールに突き落とすという冷血な殺人を犯したと考えられる。しかし、本文を読めば、テディは妹がもたらす脅威を察知して、妹に殺されるまえに彼女を空っぽのプールに突き落とした、ということもありそうだ。（多くの学者が各様にこの説を主張してきた。この考え方をおし進めていくと、テディはブーパーの殺人を計画していて、自分への嫌疑を避けるために自分の死の予告を作りあげた、という可能性が出てくる。そうなると、物語全体が変質してしまい、テディはサリンジャーの登場人物のなかでもっとも狡猾な人間ということになる。）第3の可能性は、テディは自分の死を受け入れ、ブーパーに自分を空っぽのプールに突き落とさせるのだが、妹の動きを予想していて、ブーパーを抱えていっしょに落ち

ていく、というものだ。［スラウェンスキー　田中訳369］

もしもシーモアがいたら、このような読み解きに対して、なんと言うだろうか。

これまで批評家たちは、まるでプール（ビリヤード）のキューを手にして、どの球を落とすのが正解だろうかと思案してきたかのようだ。プールに落とすべきはテディーか、ブーパーか、はたまた両方か。なかなか決めがたい。これらの説を紹介した後、スラウェンスキーが「どの説もじゅうぶん説得的ではない」［370］としているのは慎重でよかろうが、惜しむらくはその判断根拠に一つの予断があることである。どうもスラウェンスキーは、結末の落下死は何らかの人間的な狙いの反映である、と考えているようだ。「殺人事件」の裏には犯人の動機や計画があるとの前提を疑うことはない。冷血だからか、狡猾だからか、死を受け入れたからか、と思案してしまう。そもそも、登場人物の誰かが何らかの意思を持って何かを狙っていなければ、誰もプールに落ちるはずがないではないか――スラウェンスキーは、そんな意図への「信仰」を抱いている。私たちには、そんな彼の姿があのときの少年バディーのようにも見えないだろうか。一生懸命狙わなければ相手のビー玉に当たるはずがないと思い込んでいた少年に。

サリンジャーが描く死を因果で理解しようというスラウェンスキーには、曖昧さを解消したいという欲望があると言ってもいいだろう。三つの可能性の内どれが正解なのか、精密に因果や動機を紐解いていくことでたどり着きたい。そんな熱意で細部に目をこらしているのかもしれない。それは自然な反応ではある。他の多くの批評家も、最後に誰が死んだのかを当てるクイズに参加してきたのだった。三つの的を示すスラウェンスキーは、読者自身も一つ狙ってみるよう、あるいはさらに別の的を発見するよう促しているかのようだ。

しかし、サリンジャーは一枚も二枚も上手だったのではないだろうか。大切なのは、この曖昧さ自体であったに違いないからである。それは、シーモアの予言を思い起こせば即座に納得がいくであろう。その予言――バディーか自分かどちらかが死ぬとき、他方がそこにいる――は、無意味な曖昧さを含んでいたのではなかった。むしろ、恐ろしいほど正確に「若い男」の死を表現していたのだった。同様に、テディー少年の予言に執拗なほど留保がついていたのは、単に予言だから断言できなかったからでも慎重だったからでもなく、それが結末の死を「どちらかの死」として妥協なく正確に表現するために必要だったからに違いない。

さて、シーモア少年は、弟バディーが相手のビー玉に当てようと必死に狙いを定めていたとき、ほとんど別のゲームを楽しんでいたのだった。そのときシーモアが、「グラス」と「グラス」がぶつかる音に聞き入っていたことを思い出されたい。たとえそれがゲームのルール上は自分の勝利の音であったとしても、シーモアはそのような意味を聞き取ったりはしなかった。その音は自分が勝った音でも、相手が負けた音でもなかった。「どちらか」が勝った音にすぎなかった。勝ち負けの違いは大切なことではなく、むしろ二つのビー玉が衝突した音こそが至高であり、その音に彼は耳を澄ましていたのであった。

私たちは、これを手本にすべきだろう。音それ自体が大切なのだ。

テディーが落ちようがブーパーが落ちようが、それはどちらでもいい。事実として、サリンジャーは兄と妹のどちらが死んだのか特定できないように書いた。大切なのは、その兄妹がまるで二つのビリヤードの球のように衝突したことであり、さらにそのときに、そこから悲鳴という音が生じたことなのだ。結末でサリンジャーが描いたのは、そのようなどちらかが落ちた音だったのである。ならば、それを「曖昧さ」と呼んだのは不正確だったことになる。どちらか決められないのは、曖昧だったからではない――その音が「両手の音」であったからにほかならない。あの悲鳴を、いわば右手の音だったのか左手の音だったのかと論じるのではなくて、読者はそれを両手の音として聞き取るべきだったのであろう。

そして、私たちはその音を聞いたとき、同時に振り返るようにして、あの銃声――二人のグラス兄弟が生み出した、「どちらかの死」としか言いようのない音――のエコーをも聞き取ることになる。こうして「テディー」の結末で私たちは「バナナフィッシュ」へとループする。それは現在から過去へと逆戻りするようでもあり、あるいは過去が現在に到来したようでもある。どちらであれ、「バナナフィッシュ」に似たこの奇妙な結末は、冒頭で「最高の日」が口にされたときに、すでに予告されていたと言ってもいいのである。

芭蕉

「バナナフィッシュ」の「どちらか問題」は、いくつものサリンジャー作品を行き来しなければ気づかないほど奥底に隠された謎だった。一見、シーモアに見えるが実は同時にバディーでもある「若い男」が、最後に銃声を発して死んだ。その詳細を論じるのに、私たちは本書の序章から

第2章までを費やさねばならなかった。それに比べれば、「テディー」ではかなりあからさまに「どちらか問題」が提示されている。最後に主人公が死ぬ物語は多いが、一体誰が死んだのかよく分からないという物語は稀だ。そうなると、もはや「バナナフィッシュ」と「テディー」の連続性は偶然ではあり得ないだろう。二つの物語を結ぶこの線は、「どちらかの死」という主題がサリンジャーにとって本質的なものであったことを告げている。「テディー」を読む私たちは、より一層そのような確信を深めるのである。

言い方を変えれば、「テディー」という作品は「バナナフィッシュ」の答え合わせとしても読めるということでもある。そしておそらく、サリンジャーもそのつもりだったのではないだろうか。

「テディー」を経由すると、どれほど「バナナフィッシュ」の読みが深まるのか。その話をするために、まず準備として思い出しておかねばならないことがある。それは俳句にまつわるエピソードである。

シーモアが死んで「バナナフィッシュ」は幕を下ろすが、その後の作品で、訃報を受け取ったバディーがすぐに現地に向かったことが明かされている。そして兄が死んだホテルの部屋で、まるで遺書の代わりのように俳句が一つ書き残されているのを発見する。サリンジャーは繰り返しそのことを描いている。

一度目は五七年発表の中編「ゾーイ」である――「そのほかに私［バディー］がお前［ゾー

イ」に伝えるべきは、シーモアが自分を撃ったホテルの部屋で私が見つけた俳句形の詩のことだ。それは机の吸い取り紙に鉛筆で書かれていた――『機上の子／雛の顔向け／我を見ぬ』」［64］。

五九年の中編「シーモア序章」では、もう少し詳しく書かれている――「自殺した午後、シーモアはホテルの部屋でまっすぐに伝統的な俳句を机の吸い取り紙に書いていた。彼は日本語で書いていたので、私が下手な逐語訳をせねばならないのだが、そこには飛行機の座席に座っている少女が人形を持っていて、人形の顔を詩人の方へと向けたことが短く記されていたのだった」［155‐156］。その中編では、シーモアにとって俳句がいかに大切であったかも書かれている――「シーモアは他のどのような形の詩よりも日本の伝統的な三行十七音の俳句をおそらく愛していたし、自身も俳句を――血を流すように――生み出していた」［147］。

「バナナフィッシュ」には、男が死んだその日に俳句を残していたとは書かれていない。だが、後にサリンジャーはそれを明かした。五七年と五九年に、そう繰り返し書いたのである。なぜだろうか。

それは、すでに五三年に、シーモアの死を理解するには俳句が鍵になるという重大なヒントを「テディー」に書いておいたにもかかわらず、あまり注目してもらえなかったからだろうか。実は、テディー少年は松尾芭蕉の俳句を二句引用していたのである。しかし、読者はそこからシーモアの死へとさかのぼろうとはしなかった。これに業を煮やして、サリンジャーは後の二作品でシーモアが死ぬ前に俳句を作っていたと強調したのだろうか。いや、むろん読者の反応よりも作家自身がそれを必要としたのであろう。後に論じるとおり、シーモアの死とは、その前後に広がる未来や過去の時間の中で振り返ったり予見したりしなければ正確に記述できないものだったようだ。

いずれにしても、テディー少年は、シーモアの俳句が言及される二作品に先んじて、芭蕉の句を論じていたのだった。そして、その時点ですでに、サリンジャーは俳句を接点にして「テディー」を「バナナフィッシュ」へと接続していたようなのである。

というのも、芭蕉とはバショウ科バショウ属の植物にちなんだ雅号であり、その植物を英語では「バナナ」と呼ぶからである。

芭蕉がバナナの意であることは、古くから英語で紹介されている。十九世紀末のウィリアム・ジョージ・アストンによる『日本文学史』には、「芭蕉は江戸の深川に東屋を自分で建て、窓の外に芭蕉（a banana-tree）を植えた。それが生い茂ったので、そこから彼は芭蕉（バナナ）という名をもらい、後世にも芭蕉として知られるようになったのである」［Aston 291］とある。また一九一一年に出版されたバジル・ホール・チェンバレインの『日本の詩歌』でも、芭蕉の名前が「バナナ・ツリー」［Chamberlain 180］に由来していると書かれている。

ならば、テディー少年が口にする芭蕉（バナナ）は、「テディー」と「バナナフィッシュ」をつなぐ強力な証拠と言っていい。サリンジャーはそうすることで、「バナナフィッシュ」の結末——シーモアの死——を、テディーの「バナナ（芭蕉）」論から読み直すよう、読者を誘っているのであろう。そもそも、テディーが引用する二句——「やがて死ぬけしきは見えず蟬の声」と「この道や行く人なしに秋の暮」——は、どちらも命の季節の終わりを題材としているのだから、なおさらである。

テディーが俳句を引用するのは、ニコルソン青年と話しているときだった。詩とは感情の表現なのかという議論のなかで、常識的な考えしか持ち合わせていないニコルソンに対して、テディーは俳句を引き合いに出してみせる。そこで俳人の名が明かされることはないのだが、私たちにはどちらも芭蕉の句だと分かるだろう。


「やがて死ぬけしきは見えず蟬の声」とテディーは唐突に言った。

「この道や行く人なしに秋の暮」

ニコルソンは微笑みながら、「それは何だい。もう一回言ってくれないか」と頼んだ。

「二つとも日本の詩ですよ。感情の表現であふれている、なんてことはないでしょう」とテディーは言った。〔282-283〕

テディーによると、芭蕉の俳句は「感情の表現」であふれていない。芭蕉がバナナであり、ここで私たちが「バナナフィッシュ」を思い出すべきならば、たしかにそこで描かれていた男の死にも、感情が奇妙なほど欠如していたことに改めて気付くかもしれない。そのとき、常識的に死にまとわりつくはずの感情は、一片たりとも描かれることはなかった。隣のベッドには妻が寝ていたが、妻への惜別の情も感謝も、あるいは絶望や失望も、男の心に浮かんできている様子はなかった。ただ男はいきなり右のこめかみを撃ち抜いていたのだった。

さて、さらにテディーは次の瞬間、奇妙な仕草をする。唐突に右側頭部を叩き出すのである。それもまた、私たちにシーモアの死を思い出すようにとの目配せではないだろうか。

> 座っていたテディーは不意にせり出してきて、頭を右へと傾け、片手で右の耳を軽く叩いた（gave his right ear a light clap with his hand）。「昨日の水泳のレッスンのときの水がまだ耳に入っているんで」と言い、もう二三度、耳を叩き（another couple of claps）、座り直して、両腕を肘掛けにのせた。〔283〕

テディーは芭蕉を引用すると、すぐに繰り返し頭の右側を叩く。サリンジャーはそれを「頭を右へと傾け、片手で右の耳を」〔強調は引用者〕と描写している。「右」という語を連続して使って、それが右であることが読み飛ばされないように工夫している。ここで「バナナフィッシュ」を頭の片隅に置きながら読んでいる私たちは、作品を締めくくった最後のフレーズ「右のこめかみ」を思い出すであろう。男は海で泳いだ後、「右のこめかみ」に銃弾を撃ち込んだのであった。それをなぞるかのように、テディーは水泳のレッスンを理由に右の側頭部を叩いている。

ここでさらに大切なのは、このテディーの仕草が“clap”という語で表現されていることだ。「右」という語と同じく、“clap”も“a light clap”と“another couple of claps”という形で、立て続けに二度使われている。しかも“clap”という語は他の箇所で頻繁に使われているわけではない。その語は、『ナイン・ストーリーズ』の九つの短編では「テディー」のこの場面でしか用いられていない。いや、確かに作品中ではそうなのだが、ただ一度だけ、作品外でそれは記されていたのだった。冒頭に掲げられたあの公案である――「二つの手による拍手(clapping)の音を私たちは知っている。しかし、一つの手による拍手(clapping)の音とは何か」。

「テディー」が雑誌に掲載されたのは五三年の一月三十一日、同作品が収められた短編集『ナイン・ストーリーズ』は、そのわずか二ヶ月と六日後、同年四月六日に刊行されている。したがって「テディー」の執筆と『ナイン・ストーリーズ』の編集作業はほぼ同時進行していたはずなので、サリンジャーが短編集の冒頭に"clapping"の公案を掲げるアイデアを得たのは、必ずしも「テディー」執筆後ではなく、むしろその公案を意識しながら、テディーに"clap"をさせていたと考えてよいだろう。冒頭に掲げる予定の公案に対する答えとして、いわば満を持して、短編集の最後に位置する「テディー」で、主人公に「片手の拍手(one hand clapping)」をさせたに違いない。

さきほど、「テディー」が「バナナフィッシュ」の答え合わせになる、と書いた。ここでも「(芭蕉の俳句を引用後に)右側頭部を打つこと＝clapping」というテディーの等式を「バナナフィッシュ」へと折り返せば、シーモアの「自殺」に関する私たちの読み解きを再確認できる。シーモアは俳句を書き残し、そして右のこめかみを撃ち抜いた。ならば、その銃声もまた、私たちがすでにそう考えたように、一つの"clapping"だったのであり、さらにそれは公案への予めの答えであったようにも見える。テディーが頭の右側を叩く(clapping)仕草が、冒頭の公案に呼応するよう周到に描かれたものであるなら、この直前で引用された芭蕉/バナナによって喚起された「バナナフィッシュ」のシーモアも、その頭の右側を撃ち抜いたときに、"clapping"(拍手)をしていたのだ、と改めて納得することが出来るだろう。

このようにパズルのピースがきっちりはまる以上、片手の拍手という公案をサリンジャーが知った時期はさらに早く、「バナナフィッシュ」執筆より前であったと考えてもいいかもしれない。たとえばそれより十数年前の三三年、後にサリンジャーが傾倒したことで知られている仏教学者・鈴木大拙は、英語で著した『禅仏教論集 第二集』で、はやくも白隠の片手の公案に言及している――「『片手』の公案は今日に至るまで白隠の末裔たちにとってお気に入りの公案になっている。その公案とは『片手の音を聞け』というものだ。……白隠は弟子にその音を聞くように求めたのである」[Suzuki, *Second Series* 165]。また三四年出版の英語の著作『禅仏教入門』でも、さらに詳しく片手の公案を解説している[Suzuki, *Introduction* 105-106]。たしかに、鈴木の諸著作が英米の出版社から再版されるようになったのは主に四八年以降ではある。しかし、サリンジャーが四〇年ごろに通ったコロンビア大学には東アジア図書館があり、当時から鈴木の英文著作に触れることは可能であっただろう。

事実、サリンジャーは「バナナフィッシュ」発表以前の四六年には「デートする女性たちに禅に関する読書リストを配っていた」[Slawenski 153]という。したがって、すでに鈴木の著作に触れるなどして禅への関心が高まっていた時期に、サリンジャーは「ザ・バナナフィッシュ」を書き、翌四七年の一月に『ニューヨーカー』に投稿した(掲載は四八年一月)ということになろう。こう言ってよければ、ちょうど作品中でバナナフィッシュがバナナ熱で死ぬ〔*Nine Stories* 23〕とされたように、サリンジャーの禅あるいは芭蕉（バナナ）熱が、シーモアの死を生み出したのかもしれない。

いや、禅と俳句は別物ではないか、という疑問も当然あるだろう。しかし、サリンジャーには禅も芭蕉の俳句も同じようなものだったに違いない。むしろその同一視こそ、サリンジャーが鈴木の影響を強く受けていたことをさらに物語っているのであろう。というのも、芭蕉は禅者だった、と鈴木が繰り返し書いているからである。

三三年、妻ベアトリスと編集した英文誌『イースタン・ブディスト』で、鈴木は「芭蕉は僧侶ではなかったが、禅に帰依していた」〔"Buddhist" 130〕とし、さらに俳人として知られる芭蕉が仏頂禅師の元で禅を学んでいたことを記している〔131〕。三四年の英文の著作『禅仏教論集　第三集』でも、同じことを述べている〔*Third Series* 313〕。

また、俳句を論じる鈴木は、まるでニコルソンの常識――「感情こそ、詩人が一番こだわってるものじゃないかい？」〔282〕――を正そうとして芭蕉の句を引用するテディーのようでさえある。鈴木もまた、俳句に関する予備知識が全くないと想定されるアメリカ人の読者に対して、俳句が十七音しか持たない「世界の文学の中で、最も短い形式の詩」〔*Zen and Japanese Culture* 226〕であることを紹介しつつ、芭蕉の句を真っ先に挙げている。

古池や蛙飛び込む水の音（The old pond, ah!／A frog jumps in:／The water's sound!)

これより短いものなどありえないだろう。皆さんの中には、「これは本当に詩なのだろうか。本当に言葉にする価値がある、私たちの存在の奥底に響くような言葉だろうか。『古い池』『飛び込む蛙』『水の音』は、詩的なインスピレーションと何の関係があろうか」と問う人がいるかもしれない。[227－228]

鈴木の想定した問いは、まさにニコルソン的なものだ。俳句はニコルソンのような人々が期待する「詩的なインスピレーション」とは無縁な言葉で出来ている、と鈴木は示す。その典型が芭蕉の句なのである。

ただ、それ以上に大切なのは、この句が芭蕉と仏頂和尚の禅問答のなかで生まれた、と繰り返し指摘されていることだ[*Third Series* 313－314]。禅師の問いに対する応答として、芭蕉は「蛙飛び込む水の音」を差し出した、と鈴木は言う[314]。別の箇所では、「この［蛙が水に飛び込む］音こそ、芭蕉の目を禅仏教の真理へと開かせた」[*Second Series* 197]とまで主張している。

また、鈴木の弟子でもあるレジナルド・ホーラス・ブライスは、四二年刊行の『英文学と東洋の古典における禅』で、芭蕉の「やがて死ぬけしきは見えず蟬の声」を日本語と英語で紹介している。テディーが作中で引用していたのも、このブライスの英訳である（その後ブライスは多くの俳句を英訳し、全四巻からなる『俳句』を四九～五二年にかけて出版している）。さらにブライスは蟬の句についての鈴木の解釈を紹介しながら、芭蕉の句とは全て「死についての句」[Blyth, *Zen* 265]でもあった、と大胆に述べてもいる。

書名に「禅」を含んでいることからも明らかな通り、ブライスもまた師の鈴木同様、芭蕉の句（のみならず他の俳人の俳句も）が禅の表現であるとしている。おそらくサリンジャーも、ブライスや鈴木の著作を通じて、禅への関心の中で芭蕉の俳句に触れ、禅と俳句を同一視するという見方を強めていったとみていいだろう。

これから見ていくように、「テディー」を（そして「テディー」を経由して「バナナフィッシュ」を）読んでいく私たちに、鈴木の芭蕉論は大きな助けになる。元々はシーモアの死の真相に迫ることを目標とした私たちの議論が、ここで「テディー」へと、さらには鈴木大拙へと枝分かれしていくのは少々面倒な展開のように思われるかもしれない。しかし、真相とはその深層を掘り下げれば掘り下げるほど複雑で奇怪な姿を見せるものであろう。そして実のところ、テディーや鈴木が説くいくつかの点は、私たちにとって複雑怪奇であることは間違いないのである。

蟬の時間

奇怪と言えば、ここまでさも当たり前のように論じてきたが、そもそもテディー少年もシーモアのように予言能力を持っているとされている。先に触れたとおり、テディーは自分の死を予告していたのであった。だが、それだけではなく、この少年は他の人々の未来をも見通すことが出来るのである。

テディーの天才ぶりを調査していた科学者たちに対し、彼らの死期を予言して見せたという噂が広まっていた。その真偽をニコルソンは本人にぶつけてみる。一応テディーは「彼らが実際に死ぬ時を教えたりはしなかったです」[294]と答えはする。しかし、それは予言が出来なかったからではなく、彼らに予言を受け止める準備が出来ていなかったからだと言う――「[死ぬ時を]教えてあげることは出来ましたよ。でも、彼らが心の中ではそれを本当には知りたくないってことが、僕には分かっていたんです。……みんな、死ぬことをまだ怖がっているので」[294]。さらにテディー自身がプールに落下して死ぬという先述の予言をするのは、この直後のことであった。

なぜ死が予言されなければならなかったのか、という問題はすでにシーモアの死に関して議論している。そのとき私たちは、神の八百長ゲームを想像した。全てが定められているなら、そこに勝敗の概念は成り立たない。ボールの落下という現象はあるが、それを「負け」と解釈して悔しがることは無理である。そこにはもう勝ち負けの区別はない。同様に、死が予告通りの時刻に到来することが分かりきっている世界では、死（落下）という現象は生じても、それに驚き嘆くことはできない。そのような人間的な価値や感情から解放された死を描くために、シーモアの死は予言されていなければならなかった、と私たちは考えた。シーモア同様、テディーも常に落ち着き払っている。現にテディーは自分の死についてこう言っていたのだった――「そのどこが悲劇的ってことになるんでしょう。……僕は単に、そう決まっていることをやるだけですよ、そうでしょう」[295]。

しかし、ここまで私たちは、一つの問題を問い忘れていたようだ。そもそもどうして予言は可能だったのか、と問うてはいなかったのである。お話なのだからそういうことでいいではないか、と済ますこともできよう。しかし、これまでの私たちの議論はシーモア少年の予言に支えられていたのも同然だったのだから、どうしてシーモアやテディーが予言能力を持っているのか、と考えてみてもよいだろう。

その謎を解く鍵もどうやら俳句にありそうだ。それは俳句一般というよりも、芭蕉の蟬の句に対する鈴木の鮮やかな読み解きである。鈴木はそこに一つの特別な時間観を見出している。

テディーが引用した芭蕉の句、「やがて死ぬけしきは見えず蟬の声」を読んだとき、人はどの部分に注目するだろうか。鈴木によると、普通この句の中心は、「やがて死ぬけしきは見えず」の部分だと思われている。そして人は、そこに無常が表現されていると思い込んでしまう、と鈴木は断じる。典型的な解釈では、人はその部分を手がかりにして、自分たちと蟬の姿を重ね合わせる。そして、我が身を振り返り、いずれ死んでしまうことなど考えることもなく蟬が鳴くように、自分たちも刹那の享楽にふけっている、と嘆息する。さらには、世が無常であることを忘れてはならない、蟬のように生きてはならない、と反省する。このように、通常この句は、蟬のように生きがちな人々に向けての道徳的な教訓として受け取られているという。

しかし、そのような解釈をもたらす「やがて死ぬけしきは見えず」の部分を、鈴木は「単なる前置きにすぎない」と斬り捨てるのである［*Zen and Japanese Culture* 252］。

「ジュ、ジュ、ジュ……！」と……蟬が鳴いているとき、蟬は完全なのであって、何の不満もなく、世界に満足しているのであり、誰もこの事実に異を唱えることはできない。無常という観念が入り込んだり、死に近づいていることを蟬がまるで知らぬようにしている姿を無常と対比させたりするのは、ひとえに、人間の意識や思考のせいにすぎない。蟬自身にしてみれば、人間の心配事など関係ないのであり、短い命で悩んだりすることもない。……鳴くことができる間は蟬は生きているのであり、ここで生きている間は永遠の生なのであるから、無常のことなど心配しても何の役にも立つまい。むしろ蟬の方が私たちを笑っているのかもしれない……。〔252〕

芭蕉の俳句に無常を読み込んでしまうのは、「人間の意識や思考のせいにすぎない」。自らの思考の枠の限界に気付くことなく、蟬を哀れんでいる人間のなんと愚かなことか。哀れなのは蟬ではなく、そんな人間の方なのだ。だから蟬が人を笑っている、と鈴木は厳しく言う。

鈴木の解釈から学ぶべきは多い。たいていの場合そうなのだが、何かを読むときに人は感情移入の罠に気をつけねばならない。感情移入とは、いわば私たちの常識――鈴木の言う「人間の意識や思考」――で理解出来る世界へと対象を還元してしまうことである。私たちはついつい感情移入しやすい部分あるいは理解しやすい部分に注目して、そこを手がかりに対象全体を解釈しがちである〔竹内『東大入試』19〕。しかしそのような読み方は、結局、相手を自分たちのレベルにいわば引きずり下ろすようなものだ。私たちは未知の高みに登っていこうとすべきではないのか。この場合、蟬に哀れを感じるのは対象を引きずり下ろす読み、対照的に蟬の声に耳を澄ますのが対象へと上り詰めようとする読みである。鈴木が「蟬の方が私たちを笑っている」と言うのは、蟬が上で私たちが下だ、ということであろう。つまり、私たちがこの句を読んで到達すべきは、蟬の高みなのだと鈴木は言っているのである。

鈴木は、人をして「蟬の声」そのものを素通りさせてこの句を誤読させる躓きの石を「人間の意識や思考」と呼んだ。では、蟬に感情移入をさせてしまうありきたりな思考とは、具体的には何なのだろうか。

鈴木によれば、それは人間の時間感覚のようだ。そして、それと対比される蟬の時間こそ、なぜ予言は可能なのか、という先ほどの私たちの問いへのヒントとなるだろう。


シーモアやテディー同様に、蟬もまた死を嘆く気配がまったくない。鈴木は、蟬が「生きている間は永遠の生」を経験しているからだ、と言う。蟬の場合、「ジュ、ジュ、ジュ」と鳴いているその現在に永遠がある、つまりは、鳴く蟬はその瞬間に過去から未来に至る全ての時間を区別することなく経験している、ということかもしれない。あるいは、過去や未来という人間的な概念から切り離された今の深みだけを生きている、ということなのだろうか。どちらにしても、普通、私たちにはそのような時間感覚の経験がないので、蟬の時間とはこうだ、と直接語ることはむずかしい。そこで、まずは経験済みの時間感覚を手がかりに、それを裏返す形で理解する方が容易だろう。

では、蟬とは対照的な、私たちになじみが深い時間感覚とは何か。それは当然、「無常」の感覚を生み出してしまう時間感覚、すなわち、時間は過去から現在を経て未来へと一方向に流れ去るという時間観である。

普通、時間の流れは不可逆で、その中で「現在」を生きていくしかない、と私たちは思っている。時間とは川の流れのようなもので、川上から川下へと一方向かつ不可逆に進んでいくようにイメージされる。そして私たちはその川に浮かぶ船のように時間に流されつづけ、その行き着く先には必ず死が待っていることを知っている。人にはこのような時間の意識があるからこそ、自分たちよりはかない蟬の生に感情移入し、そこに無常を感じてしまうわけである。

鈴木によれば、そんな常識的な時間の型を破っているのが蟬の鳴き声なのであった。蟬の鳴き声は、いわば川的な時間観を破壊し、人間を笑っているわけである。この句を鈴木のように読む人は、「ジュ、ジュ、ジュ」という非言語的な「音」に耳を澄ませることで、人間が作り上げたにすぎない時間感覚から解き放たれる。そしてさらに、人間的常識が発生する以前の根源的な時間（いわゆる「永遠の今」）を経験することになるのかもしれない。

実際、流れる時間とは必ずしも真理なのではなく、単に人間の「意識や思考」が生み出している感覚にすぎないという考えは、決して禅の戯言ではないであろう。たとえば、そのような時間観は絶対的なものというより、一つの前提があって成立している相対的なものである、と精神医学者の木村敏は指摘している。その前提とは、人間の生自体が有限であることだという。

　時間の推移感がつねに必然的に未来と過去の両方向の不可逆性においてのみ感じられるということは……詮じつめれば人間が有限の死すべき存在であることの、一つの反映に過ぎないのである。……［自己の有限性は］もっとも客観的・没主観的であるべきはずの物理学

［的な時間］にまでその影を落としている……。〔木村『時間と自己』61－62〕

木村がここで言っている物理学的な時間とは、時計のような目盛りによって測られる量としての時間のことである。そして「目盛りというものはどちらから読んでも同じであるはずだから、それによって計測される量も、本質上は当然逆向きに測定することも出来るはずである」〔34〕。つまり、時間とは物理的には「前後対称的であって可逆的な連続量」〔34〕だと見なしていい。そうであるのに、私たちにとって時間が不可逆に見えてしまうのは、それが時間本来の性質だからではなく、私たちが時間を知覚するときには二回の計測を必要とするからだ、と木村は言う――

二回の観測が前の観測と後の観測という順序をもっているという、ただその理由だけのために、そこで観測される「時間」にも不可逆的な前後の方向が与えられてしまう。いってみれば、物理学が時間とみなしている目盛りの数に前後とか、過去・未来とかの順序が生ずるのは、目盛りを読むという作業のためだけなのだし、また目盛りを読む瞬間においてだけなのである。〔34〕

時間が一方向に流れ去るもののように私たちが感じるのは、計測によって時間を知覚しようとしているからに過ぎない。人間という生き物の視点から観測するから時間は不可逆に見えてしまう。それゆえ、時間の推移感とは「詮じつめれば人間が有限の死すべき存在であること」に由来するのだ、と木村は言うのである。
本来、時間には過去や未来という方向性はない、とするのは自然科学者にとって奇異な考えではないのかもしれない。最近では理論物理学者のカルロ・ロヴェッリも「この世界には、物理法則なるものによって表される規則性があり、異なる時間の出来事を結んでいるが、それらは未来と過去で対称だ」［ロヴェッリ 冨永訳 39］と述べ、時間の非対称的な方向性を否定している。たしかに、時間には方向性があるように見える。たとえば、熱は必ず温かいものから冷たいものへと移動するが、その逆はありえない。熱いお茶に冷たいスプーンを入れると、熱はスプーンへと移動するだけである。このような熱の変化の一方向性は、時間に方向性があることの証拠のようにも見える。しかし、ロヴェッリによると、そのような熱の変化もスプーンとその分子に何かが起きているだけのことで、それを熱の移動として観察してしまうのは、私たちの観点が「曖昧」だからだと言う――

重要なのは、熱、温度、お茶からスプーンへの熱の移動といった概念を使って「スプーンの分子の運動を」記述すると、実際に起きていることを曖昧に見ることになるという点なのだ。そして、このような曖昧な見方をしたときにだけ、過去と未来が明確に異なるものとして立ち現れる。［39］

もしも、もっと厳密に「実際に何百万もの分子の踊りを正確に見ることができて、考えに入れることができたなら」[40]、過去と未来を区別することに意味はなくなるのかもしれない。

では、もしもロヴェッリが想像するとおりに私たちの観察が限られたものでなくなれば、あるいは木村敏の言葉を借りれば私たちが「有限の死すべき存在」ではなかったとすれば、時間はどのように見えるのだろうか。もちろん、私たちはどこまでも死すべき存在なので、そのような別の時間をはっきりこうだと言うことは難しい。それは、三次元の世界——左右、上下、前後から成り立つ空間——で生きている私たちが、四次元の世界を想像しようとするほど困難なことだろう。しかし、「一つ上の次元」がどのように経験されるかということならば、一つ次元を下へずらして、自分たちが二次元（平面）の世界の生物になりきってみれば、容易に理解出来る。

二次元人は、その平面世界を横切る三次元の球体とどのように遭遇するだろうか。球体は、そのままの形では二次元人には認識不能だ。それが二次元に出現すると、まず平面世界に突如現れた点として認識され、次にはその点から円が生まれてその輪が広がっていき、そしてある時点で（球体の直径に到達した時点で）収束を始め、だんだん小さくなっていった円が最後に点となって消え去る、という魔法のような運動として経験されるであろう。同様に、一次元（直線）の限られた世界から、二次元がどう経験されるかを想像することもできる。一次元世界を横切る平面の物体は、それが四角い折り紙であれ丸いコースターであれ、常に棒のような線分の伸び縮みとしてしか認識されないだろう。

幸い、私たちの常識的な時間観——川のように流れ去る時間——は、一次元の空間モデルである。だから、それより高次の時間の空間モデルを想像することは不可能ではない。一つ次元が上の時間モデルは、平面的な広がりを持つことになるだろう。つまり、川としての時間観に代えて、たとえば海としての時間を想像すればいいことになる（実際に、時間は二次元であるとする物理学者もいるらしい〔高水148〕）。そのように想定された平面的な広がりを持つ時間が、人間には川のような線分に見えてしまうとすれば、それは一次元人が二次元の物体（折り紙やコースター）を線分としてしか経験出来ないのと同じだ、と理解することも出来るだろう。

ならば、蟬の句を引いた後、蟬のように死んでいったテディーや、あるいは俳句を書いて、死ぬ「気配も見せず」死んだシーモアは、いわば海の時間を生きていたのだろうか。

読者の時間旅行

そうなのかもしれない。少なくとも、二次元の時間を想定すると、普通は魔法のようにしか見えない予言がなぜ可能だったのか、という疑問は解けるだろう。

もしもシーモア少年やテディー少年にとっての時間が、流れ去る川のように一方向に旅するしかないものではなく、そこに絶えずあり続けて行き来が可能な海のようなものであったならば、彼らにとっての過去や現在や未来は、全て同時に存在していることになる。もうそうならば、未来とは「今ここにない」未知なものではなく「今ここにある」わけだから、予言も可能になるということかもしれない。

思えば、そのような奇妙に混在する時間を、シーモアもテディーも体現していたのではないだろうか。テディーが大人のような革のベルトをしてぶかぶかのズボンをはいていたり、シーモアが子供とピアノを弾いたり浜辺で遊んでいることも（あるいは七歳のシーモアがやたらと大人びていたことも）、こうしてみれば筋が通っているように感じられる。二人が過去から未来の全ての時間を同時に生きていることの一つの表現として、シーモアは子供のような大人、あるいは逆にテディーは大人のような子供として振る舞っていたのかもしれない。

このように考えると、前に想定した「神の八百長ゲーム」は、物足りないものに見えてくる。それは、勝ち負けや生と死の価値的な区別を消してしまうモデルだった。そのなかで私たちは、全てが予定通りに生じるという、いわば既に定められたレール上で出来事が生じていく様子を想像した。その時は、特に検討されることもなく、あくまで一次元の「川の時間」が前提とされていたわけである。しかし、こうして「海の時間」を経由すれば、過去と現在と未来が同じ盤上にあるゲームも想像できる。そこでは、未来は到来するものではなく、すでにそこにあるものである。だから「神の八百長」同様、何が起きてもびっくりすることはあり得ない。いわば全ての出来事が再放送であり、予告編が本編と同内容の世界である。過去も未来も現在も同じ地平に広がっている。ならば、（未来の不可知性を前提とする）勝負の興奮や生死の嘆息を無効にするゲームとしては、運命のような超自然の力を導入しなければ成立しない神の八百長ゲームよりも、海の時間のゲームのほうが無理の少ないモデルと言えるだろう。むろん海の時間は比喩にすぎないので、真に高次の時間があるのだとすれば、それを想像するのは四次元を思い描こうとするのと同じぐらい困難なことではあるのだが。

いや、それは本当に困難なことなのだろうか。
もしも高次の時間が良くも悪しくも理解を「超える」ものならば、たとえば「ハプワース」を読んだときのミチコ・カクタニのように、シーモアの予言能力を際物扱いして済ませることもできるだろう。あるいは私たちとしても、たとえ木村やロヴェッリを参照しようとも、それを一説にすぎないものとして脇に置くこともできる。もしもサリンジャーがテディーの言葉を一つの「理論」として提示し、なんとか私たちを説き伏せようとしていたのならば、それを退けてもいいだろう。もしそうならば、その奇妙な時間観を信じるか信じないか、という問題になるだけだ。だが、そうではなかったはずである。

答えは、サリンジャーの異常なほどの面倒くささにあったのではないか。

小説など娯楽なのだから読んで面白いかどうかが勝負なのだ、というタイプの人は、その面倒くささに付き合うことはしない。たとえば「ハプワース」を読んで、シーモア少年が大人びた口調で未来を予言し始めたときに、もう止めたと言って放り投げてもいい。しかし、私たちはこの時点まで、サリンジャーの作品群に付き合い続けてきた。そして、そうしなければ理解出来ないシーモアの死について考えてきた。そこには、ややこしく読まなければ見えてこない世界があったのだった。さて、そのような読書をしていたとき、実は私たちはすでに何かを経験させられていたのではないだろうか。

その面倒くささを、ここで再び振り返っておきたい。「バナナフィッシュ」の結末で「若い男」が死んだ。その時の銃声を聞き届けるために、私たちは最終ページの余白へと足を踏み出さねばならなかった。そして、「バナナフィッシュ」以後に発表された諸作品で、まだ生きていた頃のシーモアの言葉を聞いてきた。その果てには「ハプワース」で七歳のシーモアに行き着いた。そのような読書体験には待つ忍耐が必要だった。「バナナフィッシュ」から「ハプワース」にたどり着くまで、当時の読者は十七年も待たされた。しかしそれは、単なる待ち方ではなかったことも思い出したい。読者は死者シーモアの過去が到来することを待たされていたのだった。普通、人が待っているのは未来の到来である。しかし、読者は過去の到来を待つという奇妙なことを長い年月をかけてやらされていたわけだった。そして、過去へと（後退ではなく前進することで）行き着き、そこで少年になったシーモアに会ってみると、今度はその天才少年が、遠い未来の自分の死を語って見せたのであった。

その時である。別に天才でも千里眼でもないはずの私たち読者が、少年の未来を見通すことが出来てしまったのは。

なぜなら、すでに十七年前、読者は「バナナフィッシュ」で男が死ぬ姿を現実に見ていたからだ。だから、シーモア少年が遠い未来について語る言葉を聞きながら、読者もシーモア少年と同じように、未だ到来していないはずの未来の出来事を、鮮明に思い浮かべることが出来てしまう。シーモア少年が生きている現在から二十年あまり先に、男がリゾートホテルの一室で、鞄から銃を取り出し、そのスライドを引き、自分の右こめかみに銃口を向ける姿が、読者にも見えているのだった。

一部の読者は、少年の予言をばかばかしいとして退け、もうこの子が将来自殺することは自分も知っている、とイライラした。しかし、その憤りとはすなわち、シーモア少年と同じく自分にとっても少年の死（未来）が既知（過去の体験）であるという時間感覚の不思議さを味わい損ねた証でもあるのである。

事実として、読者は時間の流れるままに生きながらも、まずは十七年かけて未来ではなくて過去へと逆方向に旅をさせられ、そこで今度は一気に未来を見通す経験をさせられていたのである。そう自覚したかどうかは別にして、シーモア少年が自らの死を予言したその瞬間、読者も自ら、過去と現在と未来が同じ地平にあるという予言者の目を持っていたわけだ。ここまでサリンジャーの諸作品を行きつ戻りつしながら「面倒な」読み解きをしてきた私たちは、海の時間の中でシーモアの死を経験してきた、とも言えるのではないだろうか。

ならば、それは信じるとか信じないとかの話ではなく、気づくか気づかないかの問題であったことになる。すでに自分が現実に経験していたことの意味を自ら悟るか否かが問われていたわけである。

あの男の銃声に耳を澄まそうとすることとは、つまり、そのために十七年かけてサリンジャー作品のややこしさに付き合い続けることとは、このような時間を体験することでもあった。

まさにその意味で、あの銃声と蟬の鳴き声は同じだったのである。鈴木の言い方にならえば、そのどちらの音も、人に無常観などを抱かせる川のような時間の流れを粉砕するものだったのだから。

すると、もう一つの奇妙な挿話の存在も、それなりに納得出来ることになるだろう。それは、テディーが輪廻転生を経験しているとされていることである。

ニコルソンが「君はヴェーダンタ哲学の輪廻理論を心底信じているって聞いたんだけど」〔286〕と言うと、テディーは即座に「単なる理論じゃないよ」〔286〕と反論する。さらに前世で一人の女性に出会ったことで霊的な成長を十分に遂げられなかったと振り返りさえしたのだった。

これもまた、少年が常識とは異なる時間を生きていることを示すには、少なくとも筋が通っている展開ではないだろうか。テディーが海原のような時間にいるのだとすれば、そこには未来がすでにあるだけではなく過去も消え去ることなく留まっているのだから、有限の人生を生きる（と「思い込んでいる」とされる）普通の人々にとっての「過去」を超えて、さらに遠くの過去まで見通すことができる、ということだろう。その点で彼の輪廻の記憶（過去）と予言能力（未来）は対になっている。少なくとも、このような一貫性がテディーの物語にはある。

一本の腕という幻想

時間とくれば次は空間だ。世界は時間だけでなく空間からも成り立っている。そこで今度は、空間の中で物が存在していることをテディーは疑う。それを人々の想像の産物だと斬り捨てるのである。

ニコルソンは「たとえば、木の切れ端は、木の切れ端で、長さも幅もあるだろ」〔289〕と言う。

しかし、テディーは「何かがそこで切れていると、みんなが思ってしまうだけなんですよ。……

物があるところで切れているように見えちゃうのは、単にほとんどの人が物をそのような方法で見ることしか知らないからなんですよ」〔289 強調原文〕と反論する。

ちょうど流れ去る時間が、人間の観察が作り上げているだけの「現実」感かもしれないように、物体が存在するという当たり前すぎる「現実」も、人の習慣的な感じ方が作り上げている幻想にすぎない、ということだろう。テディーが正しいのかは判定しかねるけれど、私たちの議論にとって大切なのは、彼が挙げる具体例の方だ。奇妙なことに、このあとテディーは「一本の腕」という感覚を問題にするのである。

それは「バナナフィッシュ」を片手／両手という視点から読んでいた私たちにとって、実に意味深なことではないだろうか。

テディーは続けてニコルソンに「ちょっとの間、腕を片方上げてくれませんか」と頼む。困惑しながらも青年は片腕をちょっと上げ、「この腕でいい？」と尋ねる。テディーが「それをなんて呼びます？」と問うので「私の片腕だよ、一本の腕だよ」と青年は応じる〔289〕。これは当たり前の答えだ。しかし、そこでテディーは「なんでそうだって分かるんです」〔289〕と言い、本当に腕は一本か、と問うのである——

「あなたは、その名前が一本の腕（an arm）であるというのは知っている。それがどうして一本（one「それ」）って分かるんです？　それが一本の腕（an arm）であるって証拠がありますか？」〔289－290〕

「木の切れ端」なら私たちも分かるのである。物の存在を巡る二人の論争の中で、初めにニコルソンが「木の切れ端」を挙げたのは例として特段おかしなことではない。しかし、次にテディーが持ち出した「一本の腕」の例は少々奇妙ではないだろうか。空間内で物体のもつ境界は人々の幻想にすぎないというテディーの主張には、ふつう独立していると考えられている物――木の切れ端やエンピツや星――が適切な例であるはずで、体の一部である「腕」(体につながっているので、そもそも完全には「切れて」いない)は、議論の本筋からずれているようにも見えるのである。

そこで気になるのは、二人の奇妙な言葉遣いの方だ。サリンジャーの描く二人は、腕が「一本」であることに、妙なこだわりを見せている。最初にテディーが腕を上げてと頼んだとき、ニコルソンは“This one?”(この腕でいい?)と「一(one)」という語をわざわざ使い、さらにそれが“It's an arm”であると単数形で答える。そして、先ほど引用した部分では、こんどはテディーが「一本の腕(an arm)」という語を二度繰り返し、さらにそれを指示する代名詞として“one”を使うことで、またもや「一」を強調しているようにも見える。この後、まるでだめ押しをするかのように、サリンジャーはニコルソンに「なぜって、これは一本の腕(an arm)なんで、一本の腕(an arm)なんだよ、もうホントに」[290]と同語反復させて、たたみ掛けてくるのである。

本当に「一本の腕」なのだろうか――このテディーの問いを、実はすでに私たち自身が問うていたことを思い出されたい。シーモアの「自殺」を論じていたときのことだ。また、それは『ナイン・ストーリーズ』の冒頭に隻手の公案として掲げられていた問いでもあった。一本の手なのか、二本なのか、と。

これまで確認してきたように「テディー」が「バナナフィッシュ」の答え合わせのような作品であるならば、テディーとニコルソンの「二本の腕」を巡る論争もまた、「バナナフィッシュ」の結末を巡る私たちの問い――「若い男」の右のこめかみに向けられた銃は、本当に一本の腕で支えられていたのか――が、正当な問いであったことを確認させてもくれるだろう。テディーの言葉をアレンジすれば、シーモアの死は自殺だ（一本の手が銃を撃った）と多くの人が「思い込んでいるにすぎない」と言い直すこともできる。そもそも、あの場面には手の描写さえなかったというのに（「右のこめかみ」としか書かれていなかった）。さらに、あの銃声についての私たちの疑問も、テディー風に言い換えてみることができるだろう――「どうして片手の音だと分かるんです？」。テディーの理屈で言えば、あの銃声を片手の音として聞いてしまうのは、人々が音（銃声）に対する慣習的やりかたで耳を使っているからにすぎない、ということになるだろう。

テディーの常識破壊は止まらない。こんどは、ある物の色も単に見方の問題だと言い出す。

色なんて名前の問題にすぎないんですよ。つまり、子供たちに芝生は緑だと教えたら、子供たちは一つの芝生の見え方を想定し始めちゃうんですよ、それは教える人の見方にすぎないのに。他にも同じか、もっといい見方があってもおかしくないのに。たぶんね。［298-299］

この言葉も、色に関してシーモアが奇妙な「間違い」をしていたことを思い起こさせるかもしれない。あるとき、シーモアは少女シビルの水着を見て、それが青だと言う。しかし、シビルは「これっって黄色だよ」[17]と否定していたのだった。

この後のシーモアの「自殺」から逆算すれば、彼は色を見間違えるほど精神を病んでいたと見なせるのかもしれない。しかしテディーならば、異常なのはどちらなのか、と問うであろう。時間であれ、物体の境界であれ、色であれ、人々はそれらを正しく認識していると思い込んでいるにすぎず、実は色や物の現実感は、「ほとんどの人が物をそのような方法で見ることしか知らない」ゆえに得ている相対的なものにすぎない、とテディーは主張しているのだろう。人は、水着が本当は青なのか黄なのかと議論はしても、それを見ている目の使い方までは気にしない。認識の枠組みまでは疑うことがない。テディーに言わせれば、他に「もっといい見方」があるというのに。ここでは色の名前を例に挙げながら、テディーは人間の常識的で定型的な認識を相対化し、別の認識があり得ることを説きつづけている。

おそらく偶然ではないだろう。色については鈴木大拙もこう言っている——

「花は赤くないし、柳は緑ではない」。禅の帰依者なら、この言葉にさわやかなほど深く満足する。論理は動かしがたいと思っている限り私たちは鎖につながれ、精神の自由を持たず、生の真実を見失うことになる。……名前や論理の横暴を打ち破るとは、同時に精神の解放でもあるのである。[*Introduction* 60]

そう主張する鈴木が蟬の句の解釈で行ったのも、人の物の見方は一つの牢獄であると示すことだった。人が無常観を持つのは、時間を川の流れのように感じる見方に閉じ込められているからであった。鈴木自身は、テディーの言い方を借りれば、芭蕉の句の中に人を解放する「もっといい」時間感覚——蟬の時間——を発見していたわけである。

リンゴではなくバナナを食べよ

さて、テディーの好きな果物がバナナ（芭蕉）だとすれば、嫌いな果物は何だろうか。答えはリンゴである。

「バナナフィッシュ」では、バナナフィッシュが七十八本のバナナを食べたとされた。一方「テディー」では、リンゴは逆に吐き出すべきものとされる。どうやら二つの果物は対照的なもののようだ。ならば当然、リンゴとは何なのかと考えれば、同時にバナナとは何なのかがより明確になるであろう。

テディーによると、リンゴとは論理であるという。人々が時間や物体や色に関しておかしな理屈を身につけてしまったのは、さかのぼれば、聖書の創世記でアダムとエバがリンゴ（知恵の木の実）を食べたからであるらしい。テディーはニコルソンに説明する——

「エデンの園でアダムが食べたリンゴを知ってますよね、聖書に出てくるやつ」とテディーは尋ねた。「あのリンゴに何が入っていたか分かります？　論理ですよ。論理とか知的なものですよ。リンゴにはそれしか入ってなかった。だから――ここが大切なところですが――もしもみんなが物事をあるがままに見ようとするならば、リンゴを吐き出しさえすればいいんです。つまり、吐き出しちゃえば、もう木の端くれがどうのとか、気にならなくなるんですよ。物がどこかで切れているとか思わなくなる。そしたら、自分の腕が本当は何なのかわかるんですよ、ご興味があれば、ですが」[291]

テディーの話し相手ニコルソンはともかく、たしかに私たちは「腕が本当は何なのか」に興味を持っていたのであった。腕は一本だと疑いもしないニコルソンと違い、私たちは「若い男」の手に関して別の可能性を見ていた。銃を持ったシーモアの右手が単なる一本の独立したものではなく、同時にそれがバディーの左手でもあるような、普通の理屈では割り切ることの出来ない事態を想定していたのだった。いわば片手が両手である可能性を追いかけていたのである。そのあり得なさを飲み込むには、まず私たちは食べ過ぎてしまったリンゴすなわち論理をテディーの勧め通りに吐き出さねばならなかった、ということなのかもしれない。

そんなテディーの先生でもあったのだろう、俳句を論じる鈴木もまた、こう言っていたのである。

一般的に、人間の精神には思考や概念がいっぱいに詰まっている（chock-full of ideas and

concepts）ものだ。人は花を見ると、花に伴うあらゆる種類の論理的な思想を見いだしてしまい、あるがままの姿で見ることはない。［*Zen and Japanese Culture* 219］

まるで鈴木の「精神には思考や概念がいっぱいに詰まっている」という言葉を引き継ぐかのように、テディーは「［論理を］吐き出しさえすればいい」と言っていたのだった。二人の論旨もほぼ同じで、鈴木は「あるがままの姿で見ること」と言い、テディーは「物事をあるがままに見よう」と言う。そして共に、そのためには論理から自由にならねばならない、と説いているのである。

普通は疑い得ないように思われる論理も実は一つの「信仰」にすぎない――永劫回帰の思想で知られるフリードリヒ・ニーチェもまた、そのように言っていたのだった。

もっとも固く信じられてきたいくつかのアプリオリな「真理」は、わたしにとってはとりあえずの仮定である。たとえば因果律。それは非常によく仕込まれた信仰の習慣で、それを信じなければ種族が没落するだろうほど、身についてしまっている。［Nietzsche 497］（木村敏訳）

では、どうしてテディーや鈴木やニーチェは、論理あるいは因果律を信じないのであろうか。なぜそれらを単なる人間の妄信（「非常によく仕込まれた信仰の習慣」）にすぎないと見ているのだろうか。

木村敏は、このニーチェの言葉を引用しながら、論理の三大原則（自同律、矛盾律、排中律）が成立するための前提とは、一度生きれば終わりという人生の有限性にほかならないと主張している。

「AはAである」［自同律］、「あるものがAであり、同時にAでないということはありえない」［矛盾律］、「あるものがAでなく、同時にAでないものでもないということはありえない」［排中律］――古典論理学のこの三大原則は、実はわたしたちがただひとつの身体、したがってただ一回の生命しか与えられていないことの――言い換えれば、わたしがただわたし自身としてしか生きられないことの――論理面への反映である。［木村『偶然性の精神病理』31］

つまり、論理とは普遍的な真理なのではなく、ある前提があってはじめて成立する限定的な「真理」にすぎない、ということである。木村によると、その前提とは自分が一人の人間として一回きりの人生を生きているという（基本的に多くの人が受け入れている）事実である。逆から言えば、人生が「ただ一回」でなければ、必ずしも論理学の三大原理は成り立たないことになる。

ここで私たちは気付くであろう。たしかに、テディーであれ、ニーチェであれ、鈴木であれ、彼らには一つの共通点があるようだ。テディーは輪廻を経験していたし、ニーチェは永劫回帰を唱えていたし、鈴木は蟬の声に永遠を見いだしていた。彼らは皆、人生が流れ去る直線的な時間の中にあるとは考えていなかったのである。なるほど、木村の言うとおりなのだろう。人生が有限なものでないという三人共通の信念こそ、つまりは、彼らの特別な時間感覚が、彼らをして論理や因果律を否定させているに違いない。

実際、因果関係は時間の流れがなければ成り立たないことは明白だ。原因があって初めて結果が生じるのだとすれば、そこには必ず時間差がなければならないのだから。したがって、直線的な時間を生きていないテディーらにとって、因果は絶対的な真理ではない、ということになる。

サリンジャーもそのことを意識して、ビー玉遊びをするグラス兄弟の対比を描いていたのであろう。あのときのバディーは因果律を信じていた、と言い直してもいいのである。少年は自分が狙いを定めるから的に当たるのだ、と考えていたのだった。そのような因果への信仰とは、彼が直線的な時間の流れの虜になっていたことの証でもある。一方、そんな弟に対してシーモアは、「狙うな」と指導し、さらには「お前は相当な偶然を信じている」と諭したのだった。このようなシーモアの言葉も、やはり時間の観点から整理し直すことができるだろう。

むろん「狙うな」は、狙うから当たると信じるなという意であろうから、それは因果関係を信じるなということでもあり、ならばそのようにアドバイスするシーモア自身は時間の流れを信じていなかったと見なしてよいだろう。では、「偶然を信じるな」という指導はどうか。バディーは、それに反発したのだった。因果を信じないなら、偶然を信じるということではないのか。因果も偶然も信じるなでは矛盾しているではないか、とバディーは考えたのだった。しかし、シーモアにとっては矛盾ではなかった。なぜか。それは、偶然もまた時間の流れを前提としているからに違いない。

過去から未来へという流れの中で現在を生きているバディーにとっては、未来は未だに到来していない未知の時間である。だから、彼がどんなに狙いを定めようとも、本当に的中するか否かは、実際に当たる瞬間が到来するまで――時間が流れるまで――は分からない。その時間には、意図とは関係のない風や振動や蝶の羽ばたき等の「偶然」が入り込む隙間がある。

一方、シーモアはテディー同様、輪廻を経験していたし予言も可能だったとされるのだから、過去も現在も未来も同じ地平にある時間を生きていたはずだ。そんな彼には、未知の未来を前提とする「偶然」という概念は成り立ちようがないであろう。この意味で、バディーに対するシーモアの助言は、一見矛盾しているようで、実は筋が通っていたことになる。兄は直線的な時間を否定する立場から、弟に狙いも偶然も信じるなと言っていたわけである。

では、論理はどうだろうか。これも木村の言うとおり、人生が一回しか生きられないという命の有限性がなければ、必ずしも成り立たないように見える。人生が一回でないならば、今の自分の正体はAだが別の人生ではBになり、Bになった時点から振り返れば、自分はAでもBでもある、と言うことも出来るだろう。いや、「振り返る」という言い方も、時間の流れを前提にしてしまっているのだから、そのような時間的な差異をもぬぐい去ってみれば、一つの地平で一人がAでありBであるということになる。

思えば、「バナナフィッシュ」の若い男も、そのような非論理を体現していたのであろう。私たちの読み解きでは、その男はシーモアであり同時にバディーであった。それは常識では受け入れがたい考えではある。しかし、「テディー」を経由して振り返ってみれば、論理原則に収まらないダブル・アイデンティティーの男が、実に唐突で因果を無視した自殺をする姿を描いたサリンジャーは、その時点ですでに「リンゴを吐き出し」ていたに違いない。あの作品が人々の理解を拒み続けるのは、作家が病んでいたからというよりも、論理や因果律を否定していたからであろう。こうしてみれば、リンゴ（論理）を否定する「テディー」は実に「バナナフィッシュ」の答え合わせのような作品なのである。

さて、蟬の句の解釈で「永遠の今」を説いていた鈴木も、自同律を否定している。適切にも「非論理的な禅」と題された文章で、鈴木は言っている――

普通、人は「AはAに等しい」は絶対だと考え、「AはAではない」とか「AはBである」というう命題を考えることは出来ない。このような思考の条件を打ち破ることが出来ないでいる。あまりに動かしがたいのだ。しかし、言葉は言葉にすぎず、それ以上のものではない、と禅は断言する。事実と言葉が対応しなくなったのなら、言葉を捨て去り、事実の方に戻るべき時が来たのである。［*Introduction* 59］

鈴木の言う「事実」とは、論理や時間の流れに支配されていない世界のことであろう。それは言葉が役に立たないところに広がっている、いわば芭蕉の蟬の声が響いている世界である。

サリンジャーもまたこのような世界観を受け入れていたのであろう。鈴木は、この次の段落で、先ほど触れたように「花は赤くないし、柳は緑ではない」と書いたのであり、それを真似るようにテディーも「色なんて名前の問題にすぎないんですよ」と言っていたのであった。そしてさらに、鈴木はこれと同じページで、あの公案も引用していたのである——「両手を打ち合わせれば音は鳴る。一本の手の音を聞け」[59]。三四年に出版されたこの本をサリンジャーが読んでいたのは、ほぼ確実であろう。

蛙飛び込む水の音

誰にとっても芭蕉はバナナだが、サリンジャーにとってのバナナとは、特に鈴木の芭蕉論だったと言っていい。なかでもサリンジャーに強い印象を残したのは、芭蕉の「古池や蛙飛び込む水の音」に対する鈴木の読み解きだったはずである。

すでに簡単に触れたように、鈴木によれば、これは革命的な一句であった。この句で芭蕉は「禅仏教の真理」に開眼したという。そして、なによりこの句は禅師仏頂の問いに対する答えとして生まれたのであった——ちょうど『ナイン・ストーリーズ』が禅の公案に対する「答え」の体裁をとっていたように。

その句が生まれた次第を鈴木はこう振り返っている。あるとき仏頂が芭蕉に最近の調子はどうかと聞いた。芭蕉は「最近雨が降った後、苔がますます青くなった」と答える。それに対して仏頂は「苔が青くなる前にはいかなる仏法があるか」と二の矢の問いを放つ。鈴木は、この問いが「世界が生じる前には何があったか」と問うに等しい根源的なものだ、と言う。それは「『光あれ』と発する前の神はどこにいたのか」、あるいは「時の存在しない時とはいつのことか」という問いである、とも言う。禅師仏頂は単に苔の話をしていたわけではなく、「全てのものが創造される前の宇宙の景色について」問うていた、と鈴木は考えるのである［*Zen and Japanese Culture* 239］。その難問に対して芭蕉の差し出した答えが、「蛙飛び込む水の音」なのであった。

鈴木はこう論じている――そもそも、その前に置かれた「古池や」は、後に十七音に調えるために加えられたにすぎない［239］。そのような経緯を度外視しても、この句の焦点は古池ではない。あるいはそれが象徴している静けさではない。しかし、たいていの人は、古池がどこかの古寺にでもあって、その周囲にうっそうとした木々が生えている景色などを思い浮かべてしまう。そして、その静謐な雰囲気のなかで蛙が生んだ水の音が聞こえてくる、と想像する。つまりは、蛙の音は古池の周囲に広がる静寂を際立たせる仕掛けのようなものだと見なしてしまう。だが、本当の主役は蛙の音であって、古池の静けさではない。人が主客を取り違えてしまうのは、推論による分析をするからだ。つまりは、「意識の尺度」でこの句を測ろうとするからだ。そう鈴木は断じる［241］。

むしろ、この句の本当の狙いは、そんな意識の尺度自体を破壊することにある。人を意識の外側へ、思考不能の領域へ、あるいは無時間のある場所へと、連れ去ることだという――

芭蕉は、意識の外殻（the outer crust of consciousness）を突き破り、ずっと深い奥底へ、思考できないものの領域へ、大文字の無意識（つまり、普通の心理学者たちが考えている［小文字の］無意識のさらに向こうにある領域）へと進んでいく。芭蕉の古池とは、永遠の向こ

う側に横たわっているのであって、そこには無時間という時間があるのである。〔241〕

そして、人の「意識の外殻」を突き破るのが、あの「蛙飛び込む水の音」だという――

それゆえ、詩人に大文字の無意識を見通させてくれるのは、古池の静寂ではなくて、池に飛び込む蛙が立てた音なのである。あの音がなければ、芭蕉がその領域に到達することなどあり得ない。〔241〕

現実に聞こえてきた水の音は、観念でも言葉でも何でもない。芭蕉はその音を聞くという体験をした。その体験そのものが、言葉で到達できない領域に芭蕉を連れ去った。水の音という非言語が、観念や論理あるいは常識的な物の見方という「殻」を打ち破り、「世界」が築かれてしまう前の何か、鈴木の言う「無時間の時間」を芭蕉に経験させたのであろう。

要するに、言葉ではなくて音が大切なのである。

音こそが答えとして世界に響いている。それは芭蕉にとっては「蟬の声」であり「蛙飛び込む水の音」であった。全く同様に、サリンジャーにとってそれは若い男の「銃声」なのであり、子供の「悲鳴」なのである。だからこそ、サリンジャーはそのような音で「バナナフィッシュ」と「テディー」を締めくくったに違いない。

すでに私たちは、その二つの音を白隠の隻手の公案に対する答えとして受け取っていた。つまりその音とは一種の拍手、すなわちグラス兄弟がぶつかる音、そしてテディーとブーパー兄妹の衝突音なのであった。では、その「拍手」が鳴ったとき、結局何が成し遂げられたのであろうか。それは、鈴木の議論を逆にたどれば明らかだろう。

芭蕉が差し出した「水の音」という答えは、「時の存在しない時とはいつのことか」という意の問いに対するものであった。サリンジャーの音もその問いへの答えでもあったのだろう。つまり、サリンジャーの「拍手」の音とは、まるで飛行機が音速の壁を超えるときに轟くソニックブームのように、物語が川としての時間を超えて「無時間の時間」に到達したときに響く衝撃音なのである。私たちがあの銃声や悲鳴から衝撃を受けるのは、それらの音が、時間の流れを前提として成立する因果や論理の壁が破壊されたことを象徴する音であるからにほかならないのだ。だからこそ、銃声も悲鳴も、頭が破壊される時の音であったのである。

芭蕉の蟬の声や蛙の音は、直接的には死の音ではない。つまり、鈴木がそれらの音を人間の時間観や論理のいわば破壊音として理解していたのである。鈴木はそれを「意識の外殻を突き破[る]」音として聞いた。そのような鈴木の芭蕉解釈の影響下にあったからこそ、おそらくサリンジャーは、より直接的に意識の外殻が突き破られる音を響かせた。すなわちそれを、頭蓋骨が破壊される音として描いた。ここにサリンジャーのアレンジがある。蟬や蛙の音は、銃弾が若い男のこめかみを貫き、空のプールの底が子供の頭蓋骨を砕くときの音として増幅されたのである。

銃声が響く前に、男は俳句を残していた。そして、テディーもまた芭蕉を引用した。こうしてみれば、彼らはいわば「バナナ好き」の果てに、頭——意識の外殻——を砕かれたようにもみえる。おそらくここに、バナナとリンゴが対比された理由があるのだろう。一見、どちらの果物も、食べる者に死をもたらす点で、同じようなものではある。アダムとエバはエデンの園で永遠に生きるはずであったが、神の命令に背いてリンゴを食べてしまったので、楽園を追放され、人間は死すべき存在となった。つまりは、人はバナナを食べても死ぬし、リンゴを食べても死ぬ。

しかし、二つの果物がもたらす死は、その意味が正反対なのである。リンゴは、永遠の命にピリオドを打ったのであり、人間に有限性を刻印したのだった。一方逆に、バナナ（の俳句）は、人に永遠をもたらし、無限性を開示する。そのことを、鈴木の芭蕉論は、繰り返し述べていたのであった。こう言ってよければ、リンゴの死は「終わり」であり、バナナの死は「始まり」なのである。

言い換えれば、リンゴがもたらした死は人間への罰にすぎず、バナナがもたらした死は祝福なのかもしれない。だから私たちはリンゴを吐き出し、バナナを食べなければならない、とされたのだろう。リンゴとは「論理」であり、その論理が人間に「意識の尺度」を与え、意識の外殻という有限性の壁や認識の定型を築いてしまった。時間も流れ去るものとして経験されるようになってしまった。そんなリンゴとは対照的に、バナナは非論理であり、それは人の意識の壁を崩壊させ、川のような時間を蒸発させる。そこで人は新しい時空間に目覚める。

しかし、祝福とも言えるその瞬間を、サリンジャーは暴力的すぎるほどの破壊と共に描いた。銃弾やコンクリートが人の頭蓋骨を打ち砕いたのだった。

おそらくサリンジャーにとって、アメリカに生きるとは、リンゴを食べて肥え太った人々に囲まれて暮らすことでもあったのだろう。実際テディーは「アメリカでは瞑想したり精神的な人生を送ったりするのはとても難しい」〔287〕と言っている。その国では、蟬の声や水の音は社会の喧噪に埋もれてしまう。人の耳に届かない。そこでサリンジャーは繊細な音を百八十度ひっくり返し、銃声と悲鳴を轟かせねばならなかったのかもしれない。

割れた頭

若い男の銃声であれ、子供の悲鳴であれ、それはどちらも死の音であった。「リンゴ」の世界では彼らの死は悲劇に違いない。しかし、そのような受け止め方を、テディーははっきりと拒絶している。泣きわめくことには「飽き飽きなんだ」と言うのである。ならば一体、私たちは彼らの死にどのように反応すべきなのだろうか。

テディーは頭の破壊がまるで日常の一部であるかのように何気なく語っている。船窓から海を眺めながら、「もしも今ここに誰かがやってきて、僕の頭をちょん切っちゃったりしたら」〔262〕と空想することもある。あるいはこのあと、船室を出てニコルソンとの会話が始まる直前にも、似たような想像をノートに書き込んでいる。そこではははっきりと、頭蓋骨の破壊を悲劇として受け止めることを拒んでいる。

もう詩にはうんざりなんだ。男が浜辺を歩いていて、運悪く落ちてきたココナッツが頭を直撃する。運悪く男の頭は二つにパックリ割れてしまう。そしたら男の妻が歌を口ずさみながら浜辺にやって来て、半分になった頭二つを見つけ、誰の頭か分かって、二つとも拾い上げる。当然、妻はとても悲しんで心が裂けんばかりに泣くんだ。こういうことだから、僕は詩には飽き飽きなんだ。〔274〕

ちょうどスイカ割りのように、男の頭がパックリ二つに割れる。むろんそれは銃で撃たれた「若い男」の頭であり、間もなく破壊されるテディーの頭の戯画化にほかならない。

同時に、私たちはここから一つの問題提起を受け取ることになる。それは、そのような割れた頭に人はどのように反応すべきか、という問題である。「妻」はこれを悲劇として受け止め、「心が裂けんばかりに泣く」。テディーの目から見れば、それは割れた頭に対する正しい向き合い方ではない。

一応、この浜辺の男の「悲劇」は詩の中での出来事として描かれているので、テディーの反応も「詩には飽き飽きなんだ」という表現になってはいる。つまりその先には、もしもこれが「詩」ではなくて芭蕉の俳句だったらこうはならない、と言いたげでもある。「頭の破壊」に対する反応は、洋の東西でこうも違うのだ、という含意もあるのかもしれない。

だが、私たちにとってより大切なのは、これに続くテディーの言葉である——「たとえば、半分に割れた頭をご婦人がただ拾い上げて、それに向かって『なにやってるのよ』と怒って叫ぶとしたらどうだろう」〔274〕。

これが、割れた頭への、ある意味で合格点の反応の仕方なのかもしれない。少なくとも、死を悲劇と見なしていないという意味では。だが満点ではない。怒号は悲嘆よりは良いが、あくまで感情の表現なのだから。

死者に対するこの妻の応答は、それ自体とても何気なく提示されているが、サリンジャー作品全体に関わる一つの核心的な問題かもしれない——残された者（ここでは妻）が、割れた頭をどのように「拾い上げて」、死者にどんな言葉をかければよいのか、あるいはどんな「音」を提示してみせるのか、という重大な問いである。

たしかに「バナナフィッシュ」も「テディー」も、描かれているのは頭が破壊されるところまでだ。残された妻や家族が慌てふためく直前で寸止めされ、物語は閉じられる。割れた頭に人がどう反応したか、それ自体は描かれない。答え——それから家族はどうしたのか——を望んでモヤモヤする読者もいるかもしれない。しかし、遺族の応答は本当に描かれていなかったのだろうか。

私たちが思い出すべきは、この時点ではここに描かれていないもう一人の人物が、実際には存在していたということだ。そして彼が、割れた頭にきちんと反応していたのではないだろうか。その人物とは、作家のバディーである。

サリンジャーは後に、これらの作品をバディーが書いたことにしたのだった。たしかにすでに「バナナフィッシュ」では、バディーは死の現場にいた。若い男が頭を割るという事件に、バディーは当事者として関わっていた。そのとき以来、バディーは「残された者」として、体の半分が凹んで足を引きずって生きる存在になったのであった。ただ、バディーをそのような「死への参加者」として描くには、様々な「義足的」な技巧を必要とした。その巧みすぎる詳細はすでに示したとおりである。しかし、「バナナフィッシュ」後の作品群でそのような手間を一気に省く実に賢いやり方を、サリンジャーは心得ていた。バディーを作家にしてしまえばいいのである。

そうすれば、作品中に描かれる全ての死に、バディーが関わることになる。当然だが、登場人物を生かすも殺すも作家バディー次第なのだから。

すでに何度か「テディー」は「バナナフィッシュ」の答えだ、と書いた。こうしてみれば、「テディー」の結末に響いている「子供飛び込む空《カラ》の音」も、あの銃声に対する作家バディーの応答としても聞くことが出来るだろう。プールから響いてきたあの「悲鳴」は、死んだ兄に対して作家バディーが絞り出した答えでもあるわけだ。「とても悲しんで心が裂けんばかりに泣く」わけでも「『なにやってるのよ』と怒って叫ぶ」わけでもない。バディーは一つの音で応じたのだ。テディーとブーパーという兄妹が衝突したときに生じた音を、死んだシーモアに答えとして差し出した。プールから悲鳴が響く「テディー」の結末自体が、この世に残された者であるバディーにとって一つの「割れた頭の拾い上げ方」なのであろう。

これまでたびたび私たちは、生者と死者の関係をビリヤードテーブル上の二つの球に見立ててきた。二つの球がぶつかり、一方がポケットに落ち、他方がテーブル上に残る。その時の音を、死者と生者が奏でる音として聞いていた。

プール（ビリヤード）には「ナインボール」と呼ばれるゲームがある。九番の的球がポケットに落ちたとき、そのゲームは終了する。ナインボールならぬ『ナイン・ストーリーズ』もまた、ビリヤード球のように二人の子供がぶつかり、そのうちの一人が落ちることで終了した。ビリヤードの球が落ちる先のポケットは、落ちた球が「たまる」、すなわち「プールする」ところである。おそらく『ナイン・ストーリーズ』の結末で、子供の落ちる先が「プール」であるのも偶然ではないのであろう。

ならば、作家バディーは、死者シーモアと再びビリヤードをプレイしたということなのかもしれない。先述の通り、あの男がフロリダに旅立つ前、バディーはシーモアとビリヤードをしていたに違いなかった。今度はその死後、バディーは見事に最後のナインボールを空のプールに落とし、「どちらが死んだのか区別出来ない音」を響かせた。昔日のビー玉遊びでは兄にいろいろ叱られた。しかし今度は、見事に「必然の射」をバディーは放って見せたのである。亡兄もきっと褒めてくれる。

そのとき聞こえた落下音とは、死んだ兄に対して弟が、自分たちはどちらかが死んだにすぎない、と応じる音なのだ。鈴木大拙が言うように、「蛙飛び込む水の音」とは、論理を破壊してAがBでもあることを可能にする音なのだとすれば、作家バディーが描いた「子供飛び込む空の音」もまた、テディーたち兄妹だけでなく、再びグラス兄弟の違いを消し去る音でもあったのであろう。

こうなると、もはやバディーが本当の主人公なのではないだろうか。

表では死んだシーモアやテディーが主人公のようだが、同等あるいはそれ以上に、生き残って作品を書いている作家バディーが、物語の透明な主人公なのかもしれない。

むしろそれは当然とも言える。そもそもバディーはサリンジャーなのであった。サリンジャーはバディーに自らの生年月日や星座や作家としての業績もそのまま与えた。しかし、それだけではなかった。作品世界の中のバディーに、「生き残った者」としての人生を歩ませたのである。この部分を逆にバディーからサリンジャーに折り返せば、つまりはサリンジャー自身が「残された者」だった、ということが浮かび上がるだろう。作家サリンジャーの真の関心は、生き残った者であるバディーがどのように生きるのか、という一点にあったのかもしれない。

そして、そんなバディーはサリンジャーでもあるのだから、サリンジャーは残された者（バディー）について書いていたというより、残された者として書いていた、とも言えるはずだ。その意味では、サリンジャーの紡ぎ出した作品とは残された者の声そのものだった、ということにもなるだろう。

実際、すでに私たちは心のどこかで、サリンジャー作品をそのようなものとして読んでいたのかもしれない。特別な禅者でもないかぎり、私たちはシーモアやテディーであることはない。そもそも、私たちは皆、彼らのような死にゆく者の側ではなく、残される者の側にいる。私たちはまだ生きているのだから。だからこそ私たちが心から共感しやすいのは、逝ったシーモアの物語よりも、ホールデン・コールフィールドという一人の「残された者」の物語なのであろう。そんな彼が一人称の語りで私たちに直接的に訴えかけてくる『ライ麦畑でつかまえて』は、それゆえサリンジャーの代表作であり続けるであろう。

次の章で見ていくように、その物語で主人公ホールデンが解かねばならない課題は一つだけだ。それは、いかにして「割れた頭」を拾い上げるか、である。そして、むろんそれは、生き残っている私たち全員に向けられた問いでもあるのである。

第4章　ホールデン

狙わない人

前章のテディーは、論理の三大原則をあざ笑うほどに型破りな存在だった。リンゴ（＝論理）を吐き出せと言い残し、十年の短い生涯を突然に閉じた。その死も、そこに至るのに何かの原因があったわけでもなく唐突で、まるで最後に因果律をも蹴散らしてこの世を去ったかのようであった。

その二年前に発表された長編、『ライ麦畑でつかまえて（*The Catcher in the Rye*）』の主人公ホールデン・コールフィールドにも、テディーと似ているところがある。

一見、サリンジャーは二人を対照的に描いている。テディーは天才少年だが、ホールデンはただの劣等生だ。しかし、社会の平均あるいは常識からの外れ具合の絶対値においては、同じような登場人物なのだと思う。どちらも同じぐらい「異常」なのだが、テディーが正の方に放れている一方で、ホールデンは負の方に突き抜けている。

そこで『ライ麦』では、天才が裏返されて闇の底に沈んだような主人公と、周囲の人々とのギャップが描かれることになる。高みに上り詰めているテディーは、科学者たちに見上げられていたわけだが、どん底にいるホールデンは見下げられる。成績を先生に心配されたり、タバコを吸って級友に疎まれたり、言っていることが「全部気まぐれすぎる」〔172〕とデートの相手にはあきれられる。自身も「オレは頭がおかしいんだ」と口癖のように言う。そのせいなのか、周りにいるほとんど全員が「インチキ」に見えてしまう。ホールデンと世間の溝は埋められないほどに深い——ようにも見える。

あるとき、ホールデンの変人ぶりはこう形容される——

「人生に方向がない」〔78〕。

そう断じたのは、件のデート相手の母親だった。人生に何の目標も持たずにいる少年が自分の娘と仲良くしているのだから、母も気が気でない。

たしかに、ホールデンは何も目指していない。勉強やスポーツに打ち込むこともない。学業不振を理由に、今の学校をやめさせられることも決まっている。前の学校からも退学させられたというのに、まただ。そんな兄を心配した妹が、「なりたいものを挙げてみてよ。科学者とか。弁護士とかそういうの」と尋ねてみても、ホールデンは「あんまりピンとこないな」と答えをにごす〔223〕。

どうもホールデンには「的」を狙う気がないようだ。「方向がない」とは、そういうことだろう。

十六歳の主人公は、若くして未来への興味を失っている。なにもかも行き当たりばったりで、ホールデンには明日のことも、いやその日の夜にすることも蓋を開けてみるまでは分からない。

クリスマス休みが始まる前に寮を飛び出す決断をしたのも、もう寝る時間も迫った深夜になってからだ。たしかに「気まぐれすぎる」ので、なにをやるにもまともな計画は立てない。まして遠い将来に目標を持つこと、すなわち未来の「的」を狙うことなど、ホールデンの眼中にはない。彼の刹那的な態度は小説の結末まで変わらない。最後のページでもホールデンは「自分が将来何をするかって、実際にやるまでどうして分かるの？　分かりゃしないってのがオレの答え」〔276〕とうそぶいている。

まるで芭蕉の句の蟬のようなのだ。ホールデンの時間の感覚は、普通の人たちとは違う。世間から見れば、それは決定的にズレている。実際、いろいろな人たちがホールデンに向かって「今、何時だと思っているんだ？」と問いただす──トランプをしようと深夜に誘われた級友が〔61〕、列車に乗り合わせた中年女性が〔75〕、電話で話した尻軽な女が〔84〕、女友達の祖母が〔195〕、口を揃えてそう問いかける。ホールデン自身も「何時だったかオレも完全に忘れていたよ」〔75〕とか、「何時だったのかよく思い出せない」〔87〕とか、「何時だったかとかまったく分からなかった」〔249〕などと、ことさらに繰り返す。

すでに見たように、シーモアやテディーは特別な時間感覚を持って生きていた。どうやらホールデンもそうなのであろう。おそらくだからこそ彼もまた、たとえ無自覚であれ、ビー玉の狙いを定めるような生き方をすることがない。

そして、前章で見たように、もしも時間の流れが私たちの様々な常識（因果律や論理など）をも基礎づけているのだとすれば、時間のたがが外れたホールデンは、いわば「リンゴ／論理」をも吐き出しているに違いない。ときにホールデンが本当に「頭がおかしい」ように読者に見えてしまう一因は、そこにあるのかもしれない。

だとすれば、ホールデンの不良具合というのは、見かけは自我に目覚めた中高校生が先生や社会の「常識」に反抗するのと同じように見えようとも、本質的にはまったく違うレベルにあるということになろう。

普通、盗んだバイクで暴走する高校生がいたとしても、乗っているバイクが「バイクでありつつ同時にバイクではない」とは思わないし（矛盾律を守っている）、自分の名は「ヤスヒロではないし、ヤスヒロでないわけでもない」と言い出すことはないし（排中律を守っている）、自分が今バイクに乗っているのはそれを自分が盗んだからだ、という原因と結果のつながりを疑うこともない（因果律を守っている）。どんなに常識破りの中高生も、特に意識することもなく論理という常識の中で暮らしている。その意味では、どんな不良も「正常」である。

他方、潜在的にホールデンの不良の程度はそのようなものではなく、テディーやシーモアのような突き抜け方をしているのだと思う。ただし、ホールデン自身は自分の内の「非論理」を意識しているわけではない。後に詳しく見ていくように、彼は知らぬ間に、「自分はホールデンでありつつホールデンではない」という経験をしていくことになるだけなのである。あるいは、「インチキではないけれども同時にインチキでもある」人物を演じてしまう。

たとえば、ホールデンはある物語を見下して、インチキな男性人物のパイプに女たちが火をつけてやってばかりいる、と評するのだが、その直後に、今度はホールデン自身が女性のタバコに火をつけてあげている。あるいはインチキな先生が自分のことを「ボーイ」と呼ぶことに苛立ちつつ、実はホールデン自身が「ボーイ」を連発しながら先生としゃべっていたりする。このようにホールデン自身のインチキ性は、かなり意図的に描かれている。さきほど、ホールデンと周囲の人々との溝は深い「ようにも見える」と留保を付けた所以である。

たしかに、この小説の一つの魅力はホールデンの毒舌にあって、こちらが思わず笑ってしまうような言い回しで「インチキ」な人々を攻撃するさまは小気味よい。しかし、その裏で自分自身が意識することなく「インチキ」なことをしている以上、この小説はナイスな青年（A）対インチキな人々（B）という対立の図式には収まりきらない。

おそらく、むしろ理屈で割り切れない「A＝B」という現象こそが大切なのではないだろうか。論理を吐き出せとテディーは明言していたし、あの「若い男」も自らシーモアでありつつ同時にバディーであることによって非論理を体現してもいたのだから。

だが、そんな二人の天才の物語とこの小説には大きな違いが一つある。それは、シーモアもテディーも結末でこの世を去るのに対し、ホールデンは生き残っている点だ。悟った者たちは死んでそれでよいかもしれない。しかし、残された者はどうすればいいのか。この小説とは、いわば落ちることなくビリヤード台に残った球の方の物語なのである。

ゲームから遠く離れて

ホールデンを「生き残り」とも言うべき存在にしたのは、白血病で死んだ弟のアリーであった。

弟の死からもう三年も経つのだが、ホールデンはまだ頻繁にアリーのことを思い出している。私たち読者に向かって弟が「どんなにいいヤツだったか」〔50〕を熱心に語ることもあるし、あるいは亡き弟に向かって直接話しかけることもある。

かつてホールデンは、一緒に遊びに行きたがる弟に「お前はまだ子供だから」〔129〕と言って、置き去りにしたことがあった。ホールデンはその時のことを今もなお気にしている。ときどき思い出しては、もう手遅れだというのに、自分が弟に掛けるべきだった言葉を口にしてみたりするのである――

みんなには分からないだろうけど、オレは気持ちが沈んでしまってさ。それで、何を始めたかっていうと、アリーに話しかけたんだよ、声に出してさ。すごく落ち込んだときには、ときどきやってるんだよ。アリーに向かって、家に戻って自転車取ってきてボビー・ファロンの家の前で会おうぜ、って言い続けるんだ。〔129〕

そしてテキストの上でも、実際にホールデンはその言葉をすぐに繰り返す――「だからさ、すごく落ち込んだときには、いまでもときどきアイツに向かって言い続けるんだ、『いいよ。家に戻って自転車取ってきてボビーの家の前で会おうぜ。急げよ』ってさ」〔129〕。これはとても悲しいセリフである。

それにしても、ここでもサリンジャーの芸は細かいように思う。というのも、アリーを一緒に連れて行かなかったとき、ホールデンは友人ボビーと空気銃で遊ぼうとしていたからである――「オレたちは昼飯持参で、空気銃を持って出かけようとしてたんだ。まだ子供だったから、空気銃で何かを撃てると思ってたんだな」〔129〕。つまりそのとき、ホールデンは何かを「狙い」に行こうとしていたのであった。

ここではホールデンの愚かさが二つ重ねて提示されている。第一にアリーを後に残していったこと、第二に銃で何かを狙って撃てると思っていたこと、である。結果的に、これら二つが組み合わされた出来事がホールデンの心に深い傷を残し、今でもその時のことを振り返っては気も狂わんばかりに独り言を言っている。

今のホールデンの人生とは、言ってみれば、この二つの失敗の報いのようにも見える。かつて弟を置き去りにした兄は、今度は自分が「この世に残された者」として生きねばならない。さらに、「何かを撃てる」と思い込んでいたのとは対照的に、今は「狙わない者」として、目標なくこの世をさまよい歩いている（それにしても、これは地獄なのだろうか、それとも、祝福なのだろうか）。

すでに議論したように、作家バディーも「残された者」だった。シーモア亡き後、「狙うんじゃない」との兄の言葉を思い出したりしながら、この世に残ることになった「どちらか一方」として、生きていた。そして死者への応答として、あるいは死者とともに奏でる音として、作品を書き続けていたのだった。このように、シーモアの死から作家バディーは生まれた、と言ってよかった。

だが、作家兼大学講師として働くバディーと違い、ホールデンはまだ高校生である。「残された者」として生きるという課題は、少々重すぎるのではないだろうか。

早世した弟の死と向き合おうとすれば、当然ホールデンは、十一歳で終わってしまった弟の人生は何だったのかと問わざるを得ず、その問いにまともに向き合うことは誰にとっても容易ではない。もしも、人生の価値が何らかの夢や目標を達成することにあるのなら、あまりに短かった弟の人生はひたすらむなしかったことになる。人生が「的」を狙うゲームなら、弟はいわばビー玉を投げる機会すら与えられなかった。空気銃を撃つことも許されなかったのである。

人生がそんなゲームであるはずがない。それではあまりに人生はくだらない。そのことだけは、まずホールデンも直観したのだろう。自分が生き残りとしてどう生きるべきかはまだ分からない。しかし、何事もなかったかのように自分が的狙いのゲームに溺れて生きていくことだけは許せない。未だ答えはないけれども、少なくともホールデンはその地点まではたどり着いたのであろう。だからこそ、事実、そこからこの小説はスタートしている。

小説冒頭、ゲームに熱狂する人々からホールデンが遠く離れて立っているのは、偶然ではないはずである［竹内『「ライ麦畑でつかまえて」について』35−37］。

オレがペンシー校を出て行った日のことから話し始めたいんだ。ペンシー校ってのは、ペンシルベニア州のエイガーズタウンにある学校でさ。みんなもその学校のことは聞いたことがあるんじゃないかな。……

とにかく、その日はサクソン校とのフットボールのゲームがある土曜日だったんだ。ペンシーではサクソン校とのゲームは大変なイベントということになっている。一年で最後のゲームだし、ペンシーが負けたりするともう自殺でもしなきゃならないぐらいなんだ。まだ覚えているけど、その日の午後の三時頃、「トムセン丘」のてっぺんで、ちょうど独立戦争の頃のバカみたいな大砲のすぐ横に、オレは立っていたんだ。そこからだとフィールド全体が見渡せて、そこらじゅうで二つのチームがぶつかり合ってるのが見えたんだ。中央の観客席のことはよく見えなかったけど、みんなが必死で叫んでるのは聞こえてきた。ペンシー側の応援はものすごかった。だって、オレ以外はほとんど全員そこにいたんだから。［4－5］

ホールデン以外のみんながフットボールの試合に熱狂している。そして、彼らの関心の中心は、勝つか負けるかにある――「ペンシーが負けたりするともう自殺でもしなきゃならないぐらいなんだ」。

勝負へのこだわりで私たちが思い出すのは、やはりバディーのビー玉遊び――勝とうとして狙いを定めていた弟と、悟ったシーモアとの対比――であろう。ここでホールデンは悟ってはいないものの、結果的にシーモアに似ている。あのときのシーモアが勝負そっちのけでビー玉同士がぶつかる音に耳を澄ましていたように、ここでのホールデンも勝負から離れたところに立ち、ゲームの音を聞いている――「中央の観客席のことはよく見えなかったけど、みんなが必死で叫んでるのは聞こえてきた」。
さて、試合からのホールデンの距離感は、形を変えてすぐに再び描かれる。今度は、ホールデンがフェンシングの試合をぶち壊してしまったことが明かされるのである。

オレが下のゲームのとこじゃなくて「トムセン丘」のてっぺんに立っていたのには理由があってさ、フェンシングのチームと一緒にニューヨークから戻ってきたばかりだったからなんだ。オレはフェンシングチームのアホなマネージャーだったんだよ。すげえだろ。その朝、マクバーニー校とのフェンシングの試合でニューヨークまで行ったんだ。けどさ、試合はなしになった。オレがアホな地下鉄にさ、剣やら装備やら何やら置き忘れちゃったからなんだよ。……電車に乗って帰ってくる間じゅう、チーム全体がオレのことを無視してやがんの。ある意味、すごくおかしかったね。〔6〕

フェンシングでは、狙いを定めて剣を突き、勝ち負けを競う。フットボールもゴールを狙ってボールをキックしたり、オフェンスとディフェンスがぶつかり合ったりする烈しいゲームだけれど、フェンシングは一対一で向かい合って剣で相手を突く点で、その「的狙い」は象徴的に戦闘のレベルに達している。そんな競技（ゲーム／マッチ）を、ホールデンは中止させてしまった。チームの面々は怒っている。むろん彼らは試合をしたかったからだ。つまりは、勝負を求めていたのであった。ホールデンはそんな彼らから無視され、のけ者にされている。いわば勝負の世界の外にはじき飛ばされている。

その結果、予定より早くニューヨークから学校に戻ってきたホールデンが、冒頭でフットボールというもう一つの戦いからも離れて立っていたのである――「オレが下のゲームのとこじゃなくて『トムセン丘』のてっぺんに立っていたのには理由があってさ、フェンシングのチームと一緒にニューヨークから戻ってきたばかりだったからなんだ」〔強調は引用者〕。このくどさが重要なのであろう。今、自分がゲーム（フットボール）の外に立っている理由はもう一つのゲーム（フェンシング）をぶち壊したからだ、という偶然にしては出来すぎた事態をホールデンは口にしていたのだ。

このように小説冒頭から連続して、ゲームの勝負にこだわる人々とは対極の存在として、ホールデンは描かれていたわけだが、サリンジャーにはこれでも足りなかったようだ。このあとすぐ、ホールデンに「ゲームかよ、くだらねぇ」〔12〕と明言させ、いわば反勝負とも呼ぶべき主人公の立ち位置をさらに明確にすることになる。

ホールデンは丘から駆け下りて、歴史教師スペンサーの家へ向かう。退学が決まっていたので、先生に別れの挨拶をしたかったのだった。先生はかなりの高齢で、教室では自分の落としたチョークさえ生徒に拾ってもらっているほどだった。そんな姿を見て、ホールデンは「先生は一体何のためにまだ生きているんだろう」〔10〕と思ったりすることもあったのだが、まるでこの問いに対する答えのように、このあと先生は一つの人生観を語ることになる――「人生はゲームだよ」〔12〕。時々「まるで卓球とかでオレのことを打ち負かしたみたいに」〔17〕勝ち誇った表情を見せながら。

まず、部屋に招き入れられたホールデンを見て、スペンサー先生は「どうして君はゲームに行ってないいんだい。今日は大事なゲームの日だと思うんだが」[12]と問う。ホールデンの反ゲームの立場をおさらいしてくれるところは、さすがベテラン先生の手際の良さである。そして間もなく二人はゲーム談義を始める。


「サーマー博士［校長先生］は、君になんて言ったんだい？ 二人で色々と話したんだろう」

「はい、話しました。ほんとに。校長室で、たぶん二時間ぐらいです」

「校長は君になんて言ったんだい？」

「まぁ、人生はゲームなんだとかなんとか。それで、ルールに従って競技しなきゃいけないとか。とても親切でしたよ。怒鳴ったりとかしなかったです。ただ、人生はゲームだとかおっしゃり続けていただけです。そんな感じです」

「人生は本当にゲームだよ、君。人生はゲームで、ルールに従って競技するものなんだよ」
[12]

さきほど示したスペンサー先生の答え――「人生はゲームだよ」――は、実は彼のオリジナルではなくて、たったいまホールデンから聞いたばかりの校長の言葉をただ繰り返したにすぎないものだったのである。その軽い人生観ですら受け売りだったというおまけ付きだ。この老先生は、たしかに長くは生きてきたのだが、さして深く考えてきたわけではなさそうにもみえる。そんな先生の言葉に、ホールデンは強く反発する。そのときの心のつぶやきは、ここまでの私たちの議論の要約のようにも読めるかもしれない。

ゲームかよ、くだらねぇ。たいしたゲームだよ。すげえエース級の奴らがいる側に自分もいるならさ、そしたらゲームだよ、たしかに。そりゃ認めるよ。でも、自分が反対側にいて、エースが一人もいない側だったら、こりゃ一体何のゲームなんだよ？　無だよ。ゲームじゃないさ。［12－13］

勝ち負けを競うことは愚かしい、とシーモア少年は知っていたはずだ。だが、校長先生もスペンサー先生もそうではない。どんな学位を持っていようと、彼らはまだビー玉遊びに熱中していたバディー少年のように無邪気だ。ただ、バディーは夕暮れのひとときゲームをしていただけだった。一方、教師二人は人生全体をゲームとして生きよ、とまで言う。さぞホールデンには居心地が悪かったであろう。

だが、それは校長たちだけの罪なのだろうか。人生が的狙いの勝負であるという幻想は、学校全体、あるいはアメリカという国全体をも覆っているのかもしれない。おそらく、サリンジャーはそのように見なしていたのではないだろうか。小説冒頭でホールデンがフットボールに熱狂する人々から離れて立っていたとき、すぐ横には独立戦争期（一七七五～八三年）の大砲がそびえていた――「独立戦争の頃のバカみたいな大砲のすぐ横に、オレは立っていたんだ。そこからだとフィールド全体が見渡せて、そこらじゅうで二つのチームがぶつかり合ってるのが見えたんだ」。振り返ってみれば、その対比はどこか象徴的だ。

ここまでサリンジャー作品をいろいろと読んできた私たちには、その大砲が巨大なビー玉の発射装置のようにも見えないだろうか。そう想像しても、決して不敬なことではないだろう。サリンジャー自身にとって、ビー玉遊びの挿話はほとんど神聖なもので、シーモアの死の真相を開示するほど重要なものであった。この大砲の砲弾も、あのビー玉と同じくらい本質的な問いをはらんでいてもおかしくはない。この大砲はイギリスと戦って勝利した独立戦争を記念するものであり、それゆえアメリカの建国をも象徴していると言っていいものだ。それをサリンジャーは「反勝負」のホールデンと対比するかのように、すぐ脇に置いて見せた。作家の目には、自分の住む国全体がホールデンの対極のように、すなわち狙いや勝ち負けの幻想に覆われているように見えていた、ということなのかもしれない。

そもそも、ペンシー校はペンシルベニア州にあるとされている。それはサリンジャー自身の出身校（ヴァレー・フォージ・ミリタリー・アカデミー）の所在地でもあるけれども、ならばなおさら作家は、そこが独立宣言のなされた地であるだけでなく、その後の南北戦争（一八六一～六五年）でもゲティスバーグの戦いを始め数々の重要な戦場となったことを心得ていたはずである。その地はアメリカ建国史上、いわば勝つか負けるかの戦いの中心をなしていたのだった。スペンサー先生の家がある「アンソニー・ウェイン通り」[8]も、独立戦争で活躍したペンシルベニア出身の軍人の名前にちなんだものだ。そのような戦いの歴史を象徴する大砲の下で、現在、戦いが繰り広げられているフットボールも、正確にはアメリカン・フットボールである。アメリカでは、その建国から現在に至るまで戦いの熱狂が続いている、とサリンジャーは言わんばかりではないだろうか。

なぜアメリカ社会はそんなことになってしまったのか、と作家は問うこともあったであろう。そしてその問いに対する答えも、すでにホールデンの言葉の中にあったのではないか——「すげえエース級の奴らがいる側に自分もいるならさ、そしたらゲームだよ」。歴史上、アメリカはいつも勝つ側にいた。独立戦争から第二次世界大戦に至るまで戦争で負けたことがない。物語の現在(一九四〇年代末)において、ベトナム戦争はまだ先のことである。勝つ側にいれば、世界はゲームだろう。でも負ける側にしたら「こりゃ一体何のゲームなんだよ」とホールデンは問い、自ら第二次世界大戦の帰還兵であったサリンジャーもまた、そう真剣に問うているのかもしれない。サリンジャーはそのような問いかけを胸に、まずは合衆国の始まりを象徴する大砲の真横にホールデンを一人で立たせ、冷めた目でゲームを見下ろさせていたようにも思われる。

もしそうなら、ずいぶん大きな土俵にホールデンは立たされていることになるだろう。小説幕開け早々、アメリカ全体を敵に回すようなポジションにおかれてしまったのなら、ホールデンも気の毒すぎる。先ほど私は、ホールデンは「残された者」として生きるという課題を与えられた、と述べた。その困難な道は、大人のバディーにはいいにしても、十六歳の主人公には酷なのではないかと同情した。しかし、いきなりサリンジャーは課題のレベルをもう一段上げていたのかもしれない。もはや、それはただの茨の道ではなくて、その周りをゲームや勝利の信仰者たちが取り囲んでいる。勝負を信仰する人々――「人生はゲームだ」と言う先生たちや、フットボールやフェンシングに熱中する生徒たち、ひいてはアメリカ社会全体――の中で、ホールデンは敗者や死者をひっくるめて歩める別の道を見いださねばならないのであろう。

この難しい状況も、すでにサリンジャーはアメリカ軍の一員として経験していたのかもしれない。サリンジャー同様、ホールデンの兄DBも第二次世界大戦から帰還したばかりの作家だとされている。そんな兄は戦争体験をこう振り返っている――「もしも誰かを撃たなきゃいけなかったとしても、どっちの方向に撃っていいか分からなかっただろうな」〔182〕。この方向感覚のなさは、ホールデンの「方向がない」人生と同質のものであろう。空気銃で遊んでいるのとはわけが違うはずだが、現実に戦場にいた兄もまた、銃を撃つときに「方向」が分からない。すなわち、的を狙えないのである。その理由の一つは、「軍隊にはクソ野郎がごまんといて、ナチスと同じようなものだった」〔182〕からだ。敵と味方の区別がつかないなら、勝敗の区別もないはずである。しかし、言うまでもなく戦争において最も根源的な価値は勝つことにある。そのような絶対的な価値の下におかれるということは、「方向」が分からない兵士にとってどのような経験なのだろうか。

あるいは、現実の順序としては、DBの言葉に見られるように、戦争を経たからこそ「方向」が分からなくなったということなのかもしれない。だがいずれにしても、サリンジャーが戦場で経験した葛藤を——戦場においてもサリンジャーは後に『ライ麦畑でつかまえて』となる原稿を書き続けていたという——その主人公ホールデンも生きているのであろう。同じように「方向」を失い、勝負に抗いながら。

この意味においてならば、『ライ麦』も一つの「戦争小説」なのかもしれない。直接的に戦争を主題にして詩を書いたルパート・ブルックではなく、アメリカ東部の町で引きこもり生活を送っていたエミリー・ディキンスンが「最も優れた戦争詩人」［182］だと、アリーとＤＢは意見が一致していた。本当の「戦い」は国家間ではなく、引きこもった詩人とアメリカ社会の間で戦われていた、ということかもしれない（ならば、後に東部の町に引きこもることになるサリンジャー自身にも、そんな思い詰めがあったのだろうか）。ディキンスン同様、ホールデンもほとんど戦争については語らないけれど、彼自身は自覚することなく、初めから大砲のすぐ隣に立っていたのだった。そしてその地点から丘を駆け下り、アメリカにあふれている的狙いの信者たちを相手に、彼なりの戦い（といっても勝とうというのではなく、勝負を超える価値の模索）を始めるのである。

では、人生で勝ち負けという価値観を退けるならば、あとには何が残るのだろうか。そこには、ただの敗者の言い訳以上のものがあるだろうか。

それを知るには、私たちはゲームの見方を変えねばならないだろう。ゲームで大切なのは、すでにシーモア少年が手本を示していたように、的を狙うことではなく、衝突音を聞くことなのであった。

実はホールデンを取り巻く人生というゲームにも、ときどき不思議な音が鳴っている。だが、それは勝者の勝ち鬨でもなければ、敗者の悲鳴でもなく、観客たちの歓声でもなく、またオフェンスラインとディフェンスラインがぶつかり合う音でもない。そこに響いているのは、いわば死者と生者がぶつかり合う音なのである。

「ゲームかよ、くだらねぇ」と息巻いていたホールデンは、まだ物語が始まったばかりのこの時点では、この世のゲームを構成しているのが勝者と敗者だと思い込んでいる。だが、サリンジャーから見れば、世界というゲームを本当にプレイしているのは死者と生者であったはずである。つまり、世界は左右や東西南北に分かれて平面上で生者同士が衝突しているのではなくて、むしろ上下に分かれていて、地平にいる生者と、天あるいは地中にいる死者がぶつかり合っている。そんな縦方向の軸をも含んだ、いわば一次元上の視点から、サリンジャーは世界を眺めていたように思われるのである。

この先、ホールデンが語る出来事のところどころで生と死の交差音——それは大きな音であったり無音であったりする——が響くことになる。それを聞き逃すことのないよう、私たちも耳を澄ましたい。

落ちた少年

それはまだホールデンがペンシー校に転校する前の出来事だった。学校の寮でホールデンがシャワーを浴びていると、一つの衝撃的な落下音が聞こえてくる。

初めは、「ラジオか机か、何かそんなものが落ちた」〔221〕ように聞こえた。しかし、それに続いて、「みんなが廊下を駆けてって階段を降りてく音が聞こえた」〔221〕ので、ホールデンも慌ててバスローブを羽織って後を追う。階下に行き着くと、クラスメイトのジェイムズ・キャスルが倒れていたのだった――


アイツはもう死んでいて、歯とか血とかが飛び散っていて、誰もアイツに近寄ろうとしなかった。アイツは、オレが貸してあげたタートルネックのセーターを着ていたよ。〔221〕

一人の少年が落下する。そして大きな音がする。「歯……が飛び散っていて」としか書かれていないけれど、その音は明らかに少年の頭蓋骨が破壊されたことを告げている。すなわち、シーモアの頭蓋骨が銃弾で撃ち抜かれた音や、テディーの頭蓋骨が空のプールの底で割れた時の音と同質の音が、ここにも響いているのである。ならば、各作品の結末で提示されたシーモアやテディーの死が、読者を困惑させる謎あるいは公案であったように、ジェイムズ・キャスルの落下音もまたそのようなものとして提示されているのかもしれない。

シーモアやテディーの死の謎について、私たちは色々と悩みながら考え抜いてきた。しかし、今回はそれほど悩むことはない。というのも、ホールデンがその役を担ってくれるからである。この小説の主人公は、死んでいったシーモアやテディーと違って、生き残った側にいる。そして今、頭が割れた死体を目の前に突きつけられているのである。その点で、ホールデンは「バナナフィッシュ」や「テディー」の読者と似たような立場にいる。つまり、「割れた頭蓋骨にどう反応すべきか」という課題を与えられている。さて、ホールデンはこれにどう答えるのだろうか。彼は私たちよりもよい答えにたどり着くのだろうか。楽しみにしながら、私たちはホールデンの後ろをついて行きさえすればよい。

この小説の英語タイトル『キャッチャー・イン・ザ・ライ』（直訳すれば「ライ麦畑で捕まえる人」）は、一度はホールデンが間違った答えに迷い込んだことを示している。ジェイムズ・キャッスルの頭が割れてしまった。それは、少年が落下してしまったからである。ならば、落ちる前にキャッチすれば良かったはずだ。だから自分はキャッチャー（捕まえる人）になればいい。まずホールデンはそのように考えたのであろう。

ただ、キャッチされるべきだったのはジェイムズだけではなかった。その裏には死んだ弟アリーがいる。ホールデンが「ライ麦畑のキャッチャー」を夢想することになったのは、この二人の死ゆえである。事実、物語の中でジェイムズとアリーは連続して登場している。

そもそも、ジェイムズの死が二頁にわたって詳細に語られるきっかけは、妹フィービーがホールデンを「一つでも［兄が好きなものを］挙げてみてよ」［220］と問い詰めたことだった。兄がまた退学させられたことを知って、無気力な兄を幼い妹なりに心配したのである。そのとき、ホールデンの頭に浮かんだのが自殺したジェイムズなのであった。だが実際に口にしたのは、「オレはアリーが好きだ」〔222〕という答えだったのである。こうしてジェイムズとアリーが入れ替わり、話はこれから山場に向かう。

兄の答えを聞いて、妹は「アリーは死んじゃってるのよ」〔222〕と反論する。言い換えれば、もう落っこちちゃっているのよ、ということだ。それに対して、ホールデンはおそらくこの小説の中で最も感動的なことを言う――

　オレにもアリーが死んだってことは分かってるさ。分かってないはずないだろ。でも、まだ好きだっていいじゃないか。そうだろ。誰かが死んじゃったからといって、好きでいるのをやめたりしないもんだろ、頼むぜ。とくにそいつがさ、今生きている連中なんかより千倍もいいやつだったときには、なおさらだろ。〔222-223〕

いわば死んだ弟という「欠損」を抱え込んだまま、ホールデンは生きている。一体、これから彼はどうなってしまうのだろうか。妹だけでなく、私たちも案じてしまう。そこで今度は、「なりたいものを挙げてみてよ。科学者とか。弁護士とかそういうの」とフィービーは問う。すでに触れたとおり、ホールデンにはそのような職業はピンとこない。そして、あれこれと考えた末に「キャッチャー・イン・ザ・ライ（ライ麦畑で捕まえる人）」になりたいと答えるのである――

「お前ってさ、『誰かさんが誰かさんをライ麦畑で捕まえ（catch）たら』って歌を知ってるだろ？　オレがなりたいのは……」

「それって『誰かさんが誰かさんとライ麦畑で出会っ（meet）たら』よ」とフィービーのやつは言った。「詩よ、ロバート・バーンズの」

「オレも、それがロバート・バーンズの詩だって知ってるよ」

フィービーが正しくて、その時のオレは「誰かさんが誰かさんとライ麦畑で出会ったら」だとは知らなかったんだ。

「『誰かさんを捕まえたら』だと思ってたよ」とオレは言った。「とにかくさ、大きな麦畑みたいなとこで、小さい子供たちがなにかのゲームをしてるとこをオレは想像しててさ、子供は何千人もいるんだけど、周りに誰もいないわけ。誰もって、大人がね、オレ以外には。で、狂ったような崖の端にオレは立ってる。オレの仕事っていうのは、子供たちが崖から飛び出しそうになったら毎回捕まえることなんだ――つまりさ、子供たちが走ってて、前を見てなかったりすると、オレがどこからか出て行って捕まえてやるんだ。一日中、そうやってやる。オレがなりたいのは、ただのライ麦畑のキャッチャーだな。狂ってるみたいだろうけど、オレが本当になりたいのはそれしかないんだ。狂ってるのは分かってるけどさ」[224-225]

崖から子供が落下する前にキャッチしてやりたい。ホールデンはそう夢見ている。この小説の愛読者なら誰でも知っている有名な場面ではあるけれど、その前半部分で、ホールデンがロバート・バーンズの詩を一度間違えて引用していることは、見過ごされがちかもしれない。

後に見るように、ホールデンは物語の結末で、キャッチすることが正しい対処法ではないと気付くことになる。だが、そんな結末を待たずして、早くもこの場面で彼の間違いが明らかにされている。そこでフィービーは兄の勘違いを指摘していたのであった――キャッチ（catch）じゃなくて、ミート（meet）よ！

正解は、老先生からではなく子供からもたらされる。しかもさりげなく、そして問われるよりも早く。落下者をキャッチするのではなく、落下者とミートしなければならない。

思えば、すでにその言葉をホールデン自身も口にしていたのではなかったか。胸も裂けんばかりに死者アリーのことを思い出していたあの時に――「ボビーの家の前で会おうぜ（meet me）。急げよ」。ただし、その時の「ミート・ミー」という言葉は、受け手が不在なままむなしく一方的に響いただけなのであった。

かつてホールデンはアリーとミートし損ねていたのである。そのことをホールデンは繰り返し思い出しては、痛恨の失敗として悔いていたのだ。ならば、ホールデンは心に誓っているに違いない――オレはアリーとミートしなければならない、と。

しかし、これは死者に会いたいというおセンチな願いではない。そういうことは誰でも願うだろう。もしホールデンが裏返された天才であるならば、死者とミートすることには感傷以上のもっと深い何かがあるに違いない。少なくとも、ミートとはキャッチの代わりにすべき何かであるはずだ。

では、死者／落下者とミートするとは、どういうことなのだろうか。

拾い上げ

一つのお手本がある。ジェイムズが死んだ時、石の階段に横たわる彼の死体を前にして、生徒たちはただ驚き、あるいは恐怖し、何も出来ないでいたのだった――「誰もアイツに近寄ろうとしなかった」〔221〕。つまり、割れた頭の対処法が、誰にも分からなかったのである。だが、そこに一人の先生が登場して、とても美しいことをする。ホールデンは言う――

窓から飛び降りたジェイムズ・キャスルの話はもうしただろ。アイツをついに拾い上げたのが先生なんだ。アントリーニ先生はアイツの脈を調べたりして、それから自分のコートを脱いで、ジェイムズ・キャスルの上に掛けてやって、保健室までずっと運んでいってやったんだ。自分のコートが血だらけになっても、全然気にしてなかったね。〔226-227〕

これが、落下して大きな音を生み出した死者に対する、一つの対処法なのであろう。「いや、先生ならば、生徒が落ちる前にキャッチすべきではないか」という至極もっともな考えは、少なくともサリンジャー的ではない。そもそもこの作家は、若い男の頭に銃弾を撃ち込み、少年を空のプールの底に突き落としてきたことを忘れてはならない。すでに議論してきた通り、生は常に貴くて死は忌避すべきものという本能的な予断――たとえば鈴木大拙が否定した「無常観」――から、いかに自由になるかが問題だったのである（同様に、「落下」のモチーフを、イノセントな子供が時間の流れの中で汚れた大人へと成長・転落することと見なすのも、この世に軸足を置きすぎた議論なのかもしれない。「堕落」してもしなくてもどちらも生きているわけだから)。ここではジェイムズが落下して死んでいる。彼の頭蓋骨もまた破壊されてしまった。そしてその時、アントリーニ先生は死体を「拾い上げた」。ホールデンは今、そんな先生の姿を思い浮かべ、あこがれるように語っているのである。

こうして、妹を前にしながらジェイムズの自殺の顛末を思い出しているホールデン自身も、実はその前日にはホテルの窓から投身自殺したいという衝動に駆られていたのだった――「オレは本当に自殺したい気分になってたんだ。窓から飛び降りたい感じだった。落っこちた後、誰かがオレの体を覆って隠してくれるって分かってたら、たぶん自殺してたと思うな」[136]。このとき、少なくともホールデンの頭に浮かんできたのは、自殺を止めてくれる人というより、自分の死体にコートを掛けてくれる人だった。つまりは、アントリーニ先生の出現を夢想していたのであろう。

ホールデンは「アントリーニ先生は、これまでのなかでだいたい一番の先生だった」[226]と言う。なぜ一番なのか。その説明として、ホールデンはジェイムズの一件を挙げていたのだった。したがって、やはりその場面に一つの理想が描かれていたと考えてよいはずだ――先生はジェイムズをキャッチしなかった。ただその割れた頭が人目に触れないようにして拾い上げたのである。自殺であれ事故死であれ病死であれ、人は必ず死ぬ。だから、突き詰めれば「落ちる」前にキャッチすることなどあり得ない。落ちる前に捕まえるのではなく、落ちた後に拾い上げるしかない〔Takeuchi "Burning" 323-324〕。そこでひとまず私たちは、死者に対して「キャッチ」の代わりにすべき「ミート」とは「拾い上げること」なのかもしれない、と了解しておきたい。

だが一方、ホールデンはそれを頭で理解しているわけではない。事実、アントリーニ先生の「拾い上げ」る姿をすでに目にしていたにもかかわらず、ホールデンはなおもライ麦畑で「捕まえる人」になりたいと言っていたのだった。しかも、それは妹がはっきり「キャッチ」が間違いだと指摘した直後のことでもあった。

このちぐはぐさも、おそらくこの小説にとって大切なのであろう。それは、いわば主人公の負の天才ぶり――頭で正解に達するわけではない――の表れなのかもしれない。何かを意図して意識的に狙っていては「名人」にはなれない。すでに、そのことを私たちはシーモアと阿波研造から聞いている。そもそも、この小説自体、題名には「キャッチャー」を掲げているものの、人でも物でもナイスキャッチされることは一度もない。これから詳しく見ていくように、「キャッチ」するという看板とは対照的に、『ライ麦』は様々な物／人が現実に地面へと落下していく物語なのである。たしかに、ホールデンも口では「キャッチャー」になりたいと言いはする。しかし、その言葉とは裏腹に、実際に彼が行っているのは、落下してしまったものと繰り返し遭遇することなのだ。そしてその度に、特別に意図することもなく、あくまで自然に、すなわち「小文字の狙い」にこだわることなく、ホールデンは拾い上げを経験していくのである。

この小説で、一番先に落下したのは、一本のチョークであった。あの老先生スペンサーは、

「人生はゲームだ」と言ってホールデンを激怒させていたけれども、実は言葉によってではなくチョークを落とすという行為によって、ホールデンにヒントを与える存在でもあったようだ――

昔はスペンサー先生のことをちょっと考え過ぎちゃってて、考え過ぎちゃうと、先生は一体何のためにまだ生きているんだろう、って不思議に思うんだよ。だって、背中が曲がってて、もう姿もよぼよぼで、授業中に黒板のとこで先生がチョークを一本落としたら、必ず前の席のヤツが席を立って、それを拾い上げて、先生に手渡してやらなきゃならないんだ。[10]

なにげない出来事で、たいした意味もなさそうではある。ホールデンはスペンサー先生の人生の意義さえも疑っている。しかし、このエピソードの真価は、先生にも生徒たちにも思い至らないところにあったのではないだろうか。むろん、彼らだけでなく、小説が始まったばかりのこの段階で、このチョークの落下に特別な関心を払う読者もいるはずがない。しかし、この後すぐに私たちの目はホールデンより先に、徐々に開かれていくことになる。

スペンサー先生の家を訪れたホールデンが真っ先に目にしていたのは、『アトランティック・マンスリー』という雑誌を読んでいる先生の姿だった。挨拶をして、しばらく話をしていると、今度はその雑誌が落下する。

そしたら突然、スペンサー先生が何かすごくいいことか何かすごく鋭いことを思いついて、オレに話そうとしているように見えたんだよ。座ってた背筋を伸ばして、ちょっと身を動かしたんだ。けど、何でもなかったね。先生は膝に置いてた『アトランティック・マンスリー』を持ち上げて、オレが座っているベッドのところに、ひょいと投げようとしただけだった。失敗したけどさ。ほんの五センチほどだけどズレちゃって、とにかく失敗したんだ。オレは立ち上がって、雑誌を拾い上げて、ベッドの上に置いたんだ。[14]

何の躊躇もなく、ただ反射的にホールデンは雑誌を拾い上げた。スペンサー先生のやったことが、実は本当に「何かすごくいいことか何かすごく鋭いこと」である可能性など、まったく考えることもなく。

このあとすぐ、三度目の落下が起きる。それにもホールデンはちょっと腹を立てるぐらいの反応しか示さないのだが、一方、私たちはなにか不思議なことが起きていると気づき始めるのである。

次に先生が手にしたのは、ホールデンの書いた答案用紙だった。先生は出来の悪いその答案を読み終えると、それを放り投げてみせる。

先生は用済みになったオレの答案をベッドの上にひょいと投げようとした。ただ、また失敗したんだ、当然ね。オレはまた立ち上がって、答案を拾い上げて、『アトランティック・マンスリー』の上に置いたんだ。二分ごとに同じことをさせられて飽き飽きだよ。[17]

ホールデンは落ちた答案をただ拾い上げたのではない。拾い上げて『アトランティック・マンスリー』の上に置いたのである。つまり、前回拾い上げられた雑誌と、今回拾い上げられた答案が重ねられた。さらには「二分ごとに同じことをさせられて」いるとまで言う。このように落下、拾い上げが繰り返されたこと、すなわちそこに一つのパターンがあることを、サリンジャーは読者に注意喚起しているかのようだ。

このあと、学校を飛び出して向かった先のニューヨークでも、ホールデンはさらに落下物を拾い上げていくことになる。まずは、朝食を食べに立ち寄ったサンドイッチ屋での出来事である。たまたまホールデンの隣に二人の尼僧が座っている。そのうちの一人が、募金集めに使うようなバスケットを床に落としてしまう。

とにかく、オレの隣にいた方の尼さんが自分のバスケットを床に落としたんで、オレは手を伸ばして彼女のために拾ってあげたんだ。チャリティーか何かで募金やってるんですか、と聞いてみた。そしたら違うってさ。[142]

ホールデンは、自分がすでに三度も落下物を拾い上げていることに、まだ気付いていないのだろう。彼が自分の経験から何かを悟るには、もう少しニューヨークの街をさまよい歩く必要がありそうだ。

尼さんたちと別れてから、ホールデンはレコード店を探してブロードウェイを歩く。妹にプレゼントしたい歌があったのだった。すると、途中で歩道の縁石の横を歩いている子供に出くわす。すぐ脇を車が通り過ぎ、ブレーキの音も響いているのだが、前をゆく両親は振り返ることもない。そんな危険な状態にもかかわらず、子供は鼻歌を歌いながら車道の端を歩いている――

ずっとその子は歌ったりハミングしたりしていた。何を歌っているのか聞けるように、オレは近づいてみたんだ。歌っていたのは「誰かさんが誰かさんをライ麦畑で捕まえたら《キャッチし》」って曲だった。その子、すっごく小さな声だったんだ。〔150〕

この少年の間違った歌詞（先述の通り、「キャッチ」ではなく「ミート」が正しい）を受けて、後にホールデンは「ライ麦畑のキャッチャーになりたい」と口にすることになる。そうした重要なインスピレーションをホールデンがこの場面で得ることになったのには、もう一つ理由があるようだ。ここではこの鼻歌の主が、いわば落下寸前の子供の役を演じているのである。少年は通りの端を歩いているので、一歩踏み外して転んでしまえば、すなわち落下してしまえば（英語では「転ぶ」も「落ちる」も“fall”という語が使われる）、うなりを上げて通り過ぎる車に轢かれてしまう。少年はそんな転落の縁を歩いている。両親と違って、ホールデンだけがそれに気付いている。だから、キャッチャーになりたい、ということになるのだろう。

しかし、「キャッチする」とは、あくまで少年とホールデンの「勘違い」なのであった。捕まえるのではなく拾い上げなければならない。そのことを、このライ麦畑の歌と入れ替わるようにして登場するもう一つの歌が示していくことになる。少年の鼻歌は、その歌のレコードが登場する前触れにすぎなかったのである。

落ちたレコード

ブロードウェイを歩きながらホールデンが探していたのは、フィービーにあげるレコード、「リトル・シャーリー・ビーンズ」であった。それは「前歯が二本抜けてて、それが恥ずかしくて家の外に出られない小さな子供の曲」[149]で、「手に入れるのがとても難しい」[149]レコードだという。ところが、あの少年に遭遇した直後、ホールデンは最初に入ったレコード店で、あっさりそのレコードを買うことが出来る。

これら二つの曲が連続して登場するのには、一つの必然性があったに違いない。なぜなら、このレコードとは、落下しそうな子供の鼻歌から一歩進んで、実際に落下してしまった子供の歌だからである。

ホールデンが説明する曲の内容——前歯が二本ないので家に閉じこもっている少女——や、小説の現在がクリスマスシーズンであること、さらに一九五一年という小説の出版時期を考えると、「リトル・シャーリー・ビーンズ」と呼ばれるこの曲とは、実際にはスパイク・ジョーンズ・アンド・ヒズ・シティー・スリッカーズが歌って一九四八年にビルボードで第一位になったヒット曲、“All I Want for Christmas Is My Two Front Teeth”(「クリスマスに私が欲しいのは二本の前歯だけ」）をモデルにしているのであろう［Takeuchi "Burning" 324］。それは、当時の読者には自明であったはずだ。

たとえばApple MusicやSpotifyなどでその曲を聴いてみれば、すぐに私たちも面白いことに気付く。イントロ部分で、なぜその子が前歯を失ったのかが分かる仕掛けになっているのである。その子は階段から落下していたのであった――

クリスマスの前の晩、その子は階下から物音がするのに気づく。サンタクロースが来たにちがいないと思い、パジャマ姿のまま階段の手すりを猛スピードで一階へと滑り降りる。すると次の瞬間、様々な物が壊れる音が派手に鳴り響き、その子は「クリスマスに欲しいのは前歯が二本」と歌い出すのである。

チョークや雑誌やバスケットなどの物とは違い、その曲では子供が落下している。そして、大きな音を立てている。まるで、落下して大きな音を立てて歯を飛び散らせていたジェイムズ・キャスルのように。そしてこの子もまた、キャッチされることはなかったのであった。

このようにホールデンが妹にプレゼントする曲は、この小説の主題（ライ麦畑のキャッチャー）に深く結びついている。そしてさらにこのレコードは、物語の展開の上でも、キャッチすべきか否かという大きな問題に絡んでいくことになる。

その日、ホールデンは買ったレコードをぶら下げて、マンハッタンをあちこち動き回る。まずはフィービーを探しにセントラルパークへと北に歩き、次にタクシーに乗ってミッドタウンへと下ってサリー――「人生に方向がない」とホールデンを評した母親の娘――とデートし、彼女とけんか別れした後は、さらに南に歩いてホテルのバーで先輩と酒を飲む。夜中の一時を過ぎて店を出る時、クロークでコートとレコードを受け取ると、ホールデンは「オレはまだレコードを持ってたんだよ」[198]と私たちに教えてくれる。そこから再び北上し、歩いてセントラルパークへと戻る。公園の池のアヒルがどうしているのか気になったからだ。だが、ついにそこでレコードを落としてしまう――

公園に入ってすぐに、ひどいことが起きてしまった。フィービーのレコードを落っことしちゃったんだ。ぶっ壊れて五十ぐらいのカケラになっちゃった。大きな封筒みたいなのに入ってたんだけど、とにかくぶっ壊れたんだ。ほとんど泣きそうだった。ひどい気分になっちゃって。けど、封筒からカケラを取り出して、コートのポケットに入れたんだ。カケラなんて何の役にも立たないけど、ただ捨てちゃう気にはなれなくって。[199-200]

このときホールデンは、どんな音を聞いたのだろうか。あの公案を真似て、「私たちは普通のレコードが奏でる音は知っている。しかし、割れたレコードの音はどうだろうか」と問うてみたいぐらいである。

というのも、サリンジャーはこの瞬間の到来を、実に周到に用意したに違いないからだ。まず歌っている少女が落下した。その歌を記録しているレコードも、少女の運命を後追いするかのように落下した。さらに、落下した少女とレコードは、このあとフィービーとの会話の中で落下者ジェイムズ・キャスルの姿にも重なっていくことになる。

いわば、このような落下の三重奏が、割れたレコードの「音」として深夜のセントラルパークの静寂に響いているのではないだろうか。それは、芭蕉の「蛙飛び込む水の音」に匹敵する音だったのかもしれない。芭蕉がその落下音で悟ったように、レコードが落ちたときのホールデンにも大切な瞬間が訪れていたようにも思われるのである。

そして、彼は正しく反応する。レコードのカケラを拾い上げたのである。アントリーニ先生がジェイムズの割れた頭にコートを掛けて拾い上げたように、ホールデンも割れたレコードをコートのポケットへと入れたのだ。

そのとき、割れたレコードは単に捨てるべきゴミではなくなる。割れた頭/レコードは、拾い上げられることで別の「音」を奏で始める。その音とは、死者(落下者)と生者(拾い上げる者)の両者がいて、初めて鳴り始めるたぐいの音である(振り返れば、作家のバディーも、頭が割れた死者シーモアとともに言葉[音]を紡ぎ出していたのであり、それはすなわち死んだ兄を「拾い上げ」ることでもあったのだろう)。

バディー同様、ホールデンも死者(落下者)を自分のポケット——それはビリヤードの球が落ちていく先のポケットでもある——に入れたまま生きていくはずである。死者を墓場に埋めて葬り去るのではなく、ポケットの死者と共に「音」を生み出していく。そのことを、この場面は予感させせないだろうか。

実際、この後すぐに描かれるエピソードは、割れたレコードをどうするかという問題が、死者をどうするか（死者と何をするか）という問題と本質的には同じであることを物語っている。拾い上げることが正しい反応なのだとすれば、死者に対するよろしくない反応はどういうものなのか。今度は悪い例が語られることになる。

レコードのカケラをポケットに入れたまま夜のセントラルパークを凍えながら歩いていると、ホールデンは自分が肺炎で死ぬような気がしてくる。先輩と飲んだバーで、気まぐれから頭を水に浸したのがいけなかった。髪の毛が凍ったまま歩いていると、アリーの葬式のことが思い出され、次第に未来の自分の葬式まで空想してしまう。

アリーが死んだとき、そいつら［親戚一同］がやって来たんだ。あの馬鹿みたいな連中の群れが。口の臭いおばさんが一人いて、なんて安らかに眠っているんでしょう、って繰り返し言ってたって、ＤＢが教えてくれた。オレはいなかったからね。まだ病院にいたんだ。手を怪我しちゃったから、病院に行かなきゃならなかったわけだよ。とにかく、オレは髪の毛に氷の塊をぶら下げたまま、自分が肺炎にかかって、死ぬんじゃないかって心配してたんだ。……それで、あの連中一同がオレを墓場に押し込めて、オレの名前が刻んである墓石とか置くんだろうって考えてた。周りは死人ばかりさ。まったくさ、死んじゃったら、あいつらが確実に閉じ込めてくれるのさ。頼むから、オレが死んだときには気の利いたヤツがオレを川か何かに放り込んで済ませてくれないかな。ムカツク墓場に閉じ込めないんならなんでもいいよ。日曜にはみんなでやってきて花束をオレの腹の上にのせたりするような、そういうク

ソみたいなことをするんだ。死んじゃってるのに花が欲しいわけないだろ。欲しくないって。〔201〕

誰かが死ぬ。とくにアリーやホールデンのような子供が死ぬ。そんな心をえぐるような一大事でも、ホールデンの親戚たちは、まともに受け止めたりはしないようだ。葬式や墓参りという因習は、見かけの上では死者を手厚く葬っている。しかし、それは死者のためというより、むしろ生きている者のためにある、とホールデンは見抜いている――「死んじゃってるのに花が欲しいわけないだろ」。死の衝撃を素手で受け止めようものなら、こちらまで破壊されてしまう。そこで、その衝撃を葬式や墓参りなどの形式へと自動的に流し込み、自分の日常と精神を守り抜く。そのためなら、何でも喜んで信じる。死者を「安らかに眠っている」と言ってみたり、墓石に花束をお供えしてみたりする。死者へのそのように定型的な「対処」の仕方に、ホールデンは腹を立てているわけである。

結局、それは体の良い死者の捨て方にすぎない、とホールデンは見ている。親戚たちは、死という絶対的で異質な出来事を定型の中に取り込んで、死者をすみやかに処分しているだけだ――ホールデンが退学になったペンシー校には、後に葬儀屋になって財を築いた卒業生がいて、ホールデンはそのビジネスを「たぶん死体を袋に突っ込んで川に捨てているんだろう」〔22〕と皮肉ってもいたのだった。そのOBにしろ親戚たちにしろ、彼らが死体を扱うやり方は、本質的には割れたレコードをゴミ箱に捨ててしまうのと同じなのだろう。ホールデンはそれが気に入らない。

どうせ捨てるなら、あれこれと慰霊の演技で取り繕うのではなく、真っ正直に捨ててくれ、と言うのである――「オレが死んだときには……オレを川か何かに放り込んで済ませてくれ」。割れたレコードをポケットに入れた後のホールデンは、いわば「拾い上げない」人たちへの怒りをさらにぶちまける。ホールデン自身、アリーの墓参りをしたこともあったのだが、そのとき雨が降ってきて、人々がいとも簡単に死者を放り投げるところを見てしまったという。

天気がいいときには、別にそれ［墓参り］も悪くない。でも、二度もさ――二度もだよ――お墓にいたときに雨が降り始めたんだ。ひどいもんだった。雨は、アイツのしょぼい墓石にも、芝生にもアイツの腹の上にも降ったんだ。雨はそこら中に降ったんだ。お墓参りにきてた連中は全員、狂ったように走り始めて車に駆け込んだ。それで、オレは気が狂いそうになったよ。墓参りの人たちは、みんな車に入ってラジオを付けたりして、それでどこかいいところにディナーを食べに行ったりするんだ――アリー以外全員ね。それには我慢がならなかった。［201-202］

人々の嘘が露見した瞬間である。たかが雨が降り始めたぐらいで、墓参りの人々はすばやく死者を置き去りにして、レストランへと車を走らせる。彼らの弔いが、しょせんは形式的なものにすぎなかったことが痛々しいほど露わになってしまう。ホールデンはそれに「我慢がならない」と憤っている。

ところが、そんなホールデンも、サリンジャーからすれば、まだまだなのかもしれない。話は少々複雑なのである。まず、ここでは「割れた頭」の拾い上げ方について、正邪が分かれている。ポケットにカケラを入れているホールデンが正しく、雨が降り出すと墓場を去る墓参者はワルモノのように見える。現にホールデンも、彼らを「我慢がならな［い］」と言っている。しかし、その対立軸というのは、最終的にはホールデンが怒るほどには重要ではないのかもしれない。両者の違いは、せいぜいフットボールのオフェンスとディフェンスみたいなものにすぎない。そのどちらに属していようが、本当にプレイすべき相手は別のところ――地中――にいるのである。

すでにホールデンは、「ゲーム」はくだらないと言っていた。スペンサー先生が「人生はゲームで、ルールに従って競技するものなんだよ」と言ったとき、ホールデンは強く反発したのだった。今、こうして墓場の場面を経由して振り返ってみれば、先生がこき下ろされたのは、ひょっとすると、先生がゲームのプレイヤーについて勘違いをしていたからではないか、という気もしてくる。当然だが、先生はプレイヤーが全員生者であることを前提にしている。しかし、この墓参り（すなわち社会の慣習というルールに従って行われるもの）の「ゲーム」では、第三のプレイヤーとして死者がいる。地上にいるホールデンや墓参者だけでなく、地中には死者がいる。地上での生者同士の戦い（墓参者対ホールデン）という表向きのゲームの裏で、生者対死者というゲームも進行しているはずである。そんな生者チーム対死者チームというゲームにおいては、ホールデンは他の墓参者と同じ生者チームの選手である。そう想定してみれば、ホールデンがどんなに他の墓参者を批判しようとも、彼の批判は敵ではなくチームメイトに向けられたものにすぎなくなる。ダメな仲間に向かって、死者（敵チーム）との「戦い方」（対処／弔いの仕方）が間違っている、と言っているようなものである。

ならば、墓参りの挿話で大切なのは、墓参者たちに対するホールデンの毒舌ではない。そのような生者同士（味方同士）の「戦い」ではなく、生者対死者のゲームにおいて、生者チームがどのように振る舞うべきかが本質的な問題であるはずだ（そもそも、この小説での本当のゲームは生者対死者であるからこそ、弟のアリーやジェイムズ・キャッスルという死者が、ホールデンの人生を左右するほど大切な役割を果たしていたのであった）。

では、平面（二次元）ではなく、縦方向（三次元）も含んだ高次の「ゲーム」で、生者は死者とどのような「戦い」をすればいいのか。もちろん、その両者の関係を一方が他方を斬り捨てるような「戦い」とみる限り、答えは二次元でも三次元でも同じであろう――そのようなゲームは「くだらない」のである。

フットボールでの生者同士のぶつかり合いから距離を取っていたホールデンなら、墓参りでの死者と生者の「対決」をも、いつかは冷めた目で見ることになるであろう。そして、たとえばこう言わねばならないはずだ――「ゲームかよ、くだらねぇ。生きて花束を持ってくる連中の側に自分もいるならさ、そしたらゲームだよ。でも、自分が反対に死んだ側で、花束をもらう側だったら、こりゃ一体何のゲームなんだよ？　死んじゃってるのに花が欲しいわけないだろ。ゲームじゃないさ」。

生者対死者もゲームではない。ホールデンにとってゲームでの敵味方の区別はナンセンスであったのだから、生者と死者の関係を対立的な（二元論の）図式で見るのも「くだらない」ことになるであろう。そんな対立は思い込みにすぎない。つまり、生と死には本質的な区別はない。ならば、いつかホールデンは、生者のチームに属している自分も同時に死者のチームのメンバーでもある、と気付くことになるに違いない。

実はもうすでに、その兆しは見えている。そもそもなぜ墓参りの話になったのかを思い出されたい。ホールデンは「自分が肺炎にかかって、死ぬんじゃないかって心配」していたのであり、「オレが死んだときには気の利いたヤツがオレを川か何かに放り込んで済ませてくれないかな」と思っていたのであった。まるでもう死者チームへの移籍を考え始めているかのようだ。実際、そのときホールデンの髪はずぶ濡れになっていた——墓場で雨に濡れるままの死者たちのように。先ほど私は「バーで、気まぐれから頭を水に浸した」と書いたが、その奇行は死者チームの一員になるには必要な準備だったのかもしれない。

だが、移籍（兼任）にはまだ時間がかかる。墓参りを回想するホールデンは、雨宿りに走った「チームメイト」を非難していただけで、死者とのプレイの仕方までは明確に示せていない。では一体、墓場で雨が突然降りだしたとき、人はどう振る舞えばよかったのだろうか。死者とはどう向き合えば——どうミートすれば——いいのだろうか。この場面が投げかけてくるその問いにホールデンが身をもって答えるのは、まだ先のことなのである。

さて、このあとホールデンは、セントラルパークから自宅に向かう。昨日今日と、家に帰らないでニューヨークの街を歩き回っていたのは、退学になったことを親に知られたくなかったからだった。しかし、肺炎で死んでしまうなら、その前に妹に会っておかねばならない。そこでホールデンは家に帰ることを決心したのだ。幸い、両親は留守で、フィービーに会うことが出来る。そして妹との会話の中で、ホールデンが「ライ麦畑のキャッチャーになりたい」と言うことになるのは、すでに見たとおりである。つまり、その時に初めてホールデンが崖から落ちる子供について話をすることで、落下の主題が明確になるのだった。

ここで私たちにとって大切なのは、その落下話になる前に、ホールデンが目にしていたフィービーの美しい仕草だ。まるでアントリーニ先生のようなことを妹がするのである。ホールデンが割れたレコードをポケットから取り出した時のことだ――

そのとき、オレはあのレコードのことを妹に話したんだ。「なぁ、お前にレコード買ってきてやったよ」とオレは言った。「ただささ、帰ってくる途中で割っちゃったんだ」。オレはコートのポケットからカケラを取り出して、妹に見せたんだ。「酔っ払ってたからさ」、と言った。

妹は「カケラをちょうだいよ。とっておくわ（I'm saving them）」と言って、オレの手からカケラを受け取ったんだ。それから、ナイトテーブルの引き出しに入れたんだよ。妹には瞬殺されるよ。〔212〕

文脈からは「とっておく」と訳すべきその単語“saving”には、「救う」という意味もある。妹は「割れたレコードを救っておく」と言いながら、ホールデンからカケラを受け取ったようにも読めるのである。そして、ビリヤードテーブルのポケットではないけれども、ナイトテーブルの引き出しにそれらを入れたのだった。このとき、落ちたレコードを捨てずにいること（saving）が一つの救済（saving）の行為であることが示されたのではないだろうか［Takeuchi “Burning” 324］。

もちろん、ホールデンはこの後でもなおライ麦畑のキャッチャーになりたい、すなわち落ちる前に子供を捕まえたいと語るのだから、フィービーが見せてくれたことの意味を頭で理解しているわけではない。あるいは、フィービーに買ってあげたレコードが割れていてもよかったのだとも思っていない。

だが私たちには、こうしてフィービーが割れたレコードと出会ったからこそ、そしてその時「救っておくわ」と言ったからこそ、一つの目覚めが訪れることになる。ホールデン自身が気付くよりもずっと早く、これまで彼が『アトランティック・マンスリー』やら尼さんのバスケットやらを拾い上げ続けてきたことが、ただの偶然ではなかったことを知るのである。

落下前に捕まえるのではなく落下した後拾い上げることとは、当然、生きている人間ではなく死んだ人間への対処法である。その意味で、この小説は「キャッチャー」というタイトルにもかかわらず、キャッチよりも拾い上げ、すなわち死者の弔いを主題としている。そのことを、フィービーの一言はいっそう明確にしているのだ。フィービーに会う前のホールデンが、セントラルパークで墓参りの回想をしていたのも、あるいはすでに見たとおり、この後フィービーと話す中で、ホールデンが自殺したジェイムズ・キャスルや死んだアリーのことを細かく話しているのも、そのことを物語っているはずである。

だが、繰り返せば、まだホールデンは勘違いしたままキャッチャーを夢見ている。さらには、自分にもキャッチャーが現れて落ちていく自分を捕まえてもらいたい、という希望さえ持っている。おそらくだからこそ、妹にキャッチャーの話をしたあと、すぐにあの英雄アントリーニ先生に電話して、一晩泊めてもらうことにしたのである。さらに、家を出ていくときに、ホールデンははっきり「捕まえて欲しい」と願望を口にしてもいる――「べつに両親に見つかっても (they caught me) かまわないや、という気持ちになっていた。……捕まったら捕まるだけのことだ。ある意味、捕まえて欲しいぐらいだったよ」[233-234]。ただし、本当の捕まえ役は親ではなく、これからタクシーに乗って訪ねるアントリーニ先生に果たしてもらいたい、と思っていたのであろう。

しかし、アントリーニ先生宅でも、ホールデンは再び自分の勘違いを思い知ることになる。先生はキャッチャーなどではなかったのである。そもそも先生は、落下したジェイムズ・キャスルを「拾い上げた人」だったのだから。

落ちたのは誰？

ドアを開けてホールデンを迎え入れてくれたとき、アントリーニ先生はバスローブ姿だった

――「先生はバスローブにスリッパをはいて……いた」〔236〕。ちょうどかつてのホールデンのように――「オレはバスローブを羽織って階段を駆け下りたんだ」〔221〕。あのとき、階下に転がっていたのは、落下したジェイムズ・キャスルであった。今日は立場が入れ替わり、落ちていくのはホールデンのようだ。

二人の会話はすぐに落下の話題になる。ホールデンが再び退学になったことを知っている先生は、心配している――「なんだか君は、恐ろしいほど危険なことをやろうとしている（riding for some kind of a terrible, terrible fall）感じが、私にはするんだが」〔242〕。ここで使われている慣用表現“ride for a fall”の中の“fall”は、普通は比喩的に「危険なこと」を意味しているにすぎないが、直訳すればもちろんそれは「落下」である。

先生もそのような意味を込めていたことは間違いない。すぐに先生は、実際の落下について語り始めるからである。

君がやろうとしている危険なこと（fall）とは、特別に落ちていくような感じのもので、ひどい種類の落下なんだ。落ちていく本人には、底にぶつかるのを感じることも、その音を聞くことも許されていないような落下なんだ。ただただ落ち続けていくんだよ。〔243〕

先生の目から見れば、ホールデンの落下とは落第でもないし堕落でもない。落下の先に待っているのは死なのである。そのことを先生は心配している――「君を怖がらせたくはないが、君は気高く死のうとしていることが、私にははっきり分かる」[244]。さらに先生は、ある精神分析医の言葉を紙に書き付けてホールデンに手渡す。そこには「未熟な者ほど何かのために気高く死のうとするのであり、成熟した者ほど何かのために慎ましく生きようとするのである」[244]とあった。その内容からも、先生の恐れている事態がホールデンの死であると分かる。

いわば先生は、自殺直前のジェイムズ・キャスルにここで対面しているようなものなのである。あのとき先生は落下者ジェイムズを見事に拾い上げた。しかし、今度のホールデンはまだ落ちる前のようだ。だから、先生は捕まえようとしてしまう。つまり、ホールデンを説得する。ホールデンが落ちようとしているのはまだものを知らない未熟者だからにすぎず、これからはしっかり学校に行って教育を受け、そして謙虚に生きていくことを学ぶべきだ、と丁寧に諭す。死ぬのではなく生きる方向へとホールデンを導こうとする（先生として当たり前である）。

ホールデンもキャッチしてもらいたがっていたのだし、先生もキャッチしたいようだ。ならば、これで一件落着のようにも見える。しかし、サリンジャーはそれを許さない。先生の指導は、この世の価値観からすれば感動的なほど正しいが、この小説的には間違っているからだろう。すでに見たとおり、サリンジャーが描き続けたのは、落ちる前にキャッチされるのではなく、落ちた後に拾い上げられる者／物なのであった。この小説が繰り返し示しているのは、死は防がれたり排除されたりするのではなく（そもそもそんなことは究極的には無理なのである）、包摂されなければならない、ということであった。死んだら終わりと死者を葬り去るのではなく、死者を拾い上げ、死を経由した者（割れたレコードのカケラ）とともに歩んでいく。そんな死者と生者が紡ぎ出しているのがこの物語である、と私たちは読んできた。

ならば、おそらくまだアントリーニ先生宅の場面では、ホールデンだけでなく先生も「勘違い」している、ということなのかもしれない。二人とも、まだ落ちてはいけないという生の価値観に囚われている。だからこそ、サリンジャーは彼らを奈落に突き落とさねばならないのであろう。このあと、彼らは正しく「落下」を経験することになるのである。

先生との話が終わると、ホールデンはカウチにシーツを敷いて眠りにつく。ところがしばらくして、突然飛び起きてしまう。暗闇の中で先生がホールデンのおでこをなでていたからだ。なんと先生が「変態」［249］だとは――「オレは学校とかで、変態のことは知り尽くしているんだ。連中はオレがいると決まって変態的なことをするんだ」［249］。そう確信したホールデンは、慌てて服を着て先生の家から逃げるように飛び出していく。

こうして、英雄だった先生は変態へと失墜する。いわゆる「墜ちた偶像」と化す。ただし、正確に言えば、先生は英雄でありつつ変態なのであり、拾い上げ名人でありつつ捕まえ下手なのである。両方であることがこの小説では大切なのだろう。実際、ホールデンは翌朝に駅のベンチで目覚めると、アントリーニ先生との一件を振り返って、先生が自分にヘンなことをしたのか、それとも単に頭をなでていただけなのか分からなくなっている。そして「だって、そういうことについて、誰だってはっきりは分からないだろ。分かるはずないよ」［253］と言うのである。ここでもまたホールデンは正しく「方向」を失っている。「分からない」ことで正解を語っている。期せずして、敵味方の区別は幻想だ、人生はゲームではないのだ、「A＝B」なのだ、とおさらいをしているかのようだ。

さて、先生はこのように「落下」した。他方ホールデンはどうか。翌朝もまだ、ホールデンはキャッチされたいという気持ちを引きずっている。先生にはキャッチしてもらえなかったホールデンが次にすがるのは、死者アリーなのであった。

駅を出て五番街を歩いていると、ホールデンは自分が落下していく不思議な感覚に襲われる――


突然だけど、なんかすごく気味の悪いことが起きたんだ。一ブロックごとに歩道の縁石から道に降りると、反対側にたどり着けないような気持ちになったんだよ。ただ下へ下へ下へと行ってしまって、もう誰にも会えなくなっちゃうって考えてさ。ほんと、恐ろしくなった。……一ブロック歩き終えるごとに、弟のアリーに話しかける想像をしたんだ。「アリー、オレを消さないでくれ。アリー、オレを消さないでくれ。アリー、オレを消さないでくれ。頼む、アリー」。それで、消されることなく道の反対側にたどり着く度に、オレは弟にありがとうって言ったよ。で、また次の角のところに着くと、同じことを繰り返した。[256－257]

ホールデンは歩道から車道へと足を踏み出す一歩を、まるで崖からの一歩のように感じている。そのまま深い谷へと落ちていって、消えていなくなりそうだ。そこでホールデンは弟に助けを求める。つまりは、弟にキャッチャー役を果たしてもらいたがっている。もう物語は残すところ二十頁しかない。だがこの段階でホールデンは、自分は落ちそうになっているだけで、まだ落ちていないと思っているようだ。

ところが実際には、ホールデンはもう落下していたのではないだろうか。少なくとも半分は。この物語が始まる前、ジェイムズ・キャスルが死んだ前の学校で、あるいはアリーが死んだ三年前に、すでに自分も「落下者」になっていたことに、ホールデンはまだ気付いていない。

時間を戻したい。ジェイムズが死んだ時の回想である。そのときジェイムズは、ただ死んだのではなかった。前にその場面を引用した際には特に触れなかったが、そこにはこうあったのだった――「アイツは、オレが貸してあげたタートルネックのセーターを着ていたよ」。

階段に横たわっていた死体は血まみれであった。しかも、歯が飛び散っていたのだから、うつぶせに倒れていたのであろう。ならば、顔がよく見えないのに、どうして死んだのがジェイムズだと分かったのだろう。現場に駆けつけたホールデンはすぐに理解した。なぜなら、自分が貸したタートルネックを死体は着ていたのだから。ところが、何も知らない生徒たちからすれば、むしろそのタートルネックは、ホールデンが死んだ印に見えたことだろう。

ジェイムズがホールデンのセーターを着ていたことの奇妙さを、サリンジャーはくどいほど強調している。ホールデンは続けて言う。


変なのはさ、みんながホントのこと知りたいなら言うけど、オレってほとんどジェイムズ・キャスルのこと知らなかったんだよ。アイツはよくいる無口なタイプでね。数学の授業で一緒になったことがあるんだけど、アイツの席は教室の反対側だったし、立ち上がって発表したり、黒板のところに出て行ったりするようなヤツじゃなかったんだ。立ち上がって発表したり黒板のところに出て行ったりしないヤツって、学校にいるだろ。たぶん、アイツと唯一しゃべったのは、オレが持ってたあのタートルネックのセーターを貸してくれって頼んできたときだけだよ。アイツが頼んできたとき、オレはびっくりしたりして、ほとんどぶっ倒れて死ぬところだった。覚えてるけど、洗面所で歯を磨いてたら、アイツが頼んできたんだ。アイツが言うには、従兄弟がやってきてドライブに連れてってくれるんだって。オレがタートルネックのセーターを持ってるってアイツが知ってるなんて、まったく知らなかったね。オレがアイツについて知ってた唯一のことは、出席を取るときにアイツの名前がオレのすぐ前だったことだけだ。……みんながホントのこと知りたいなら言うけど、オレはほとんどアイツにセーターを貸さないところだったんだ。だって、アイツのことあんまり知らなかったからね。〔221–222〕

ジェイムズがホールデンのセーターを借りたのは普通のことではなかった。長々と、それがいかに不自然なことだったのかが書かれている。だが、そうであったにもかかわらず、ジェイムズはホールデンのセーターを着て自殺した。この奇妙な事態が読み飛ばされることがないよう、サリンジャーは念を押すように書いていたわけだ。ジェイムズの死体がホールデンのように見えてしまう状況とは、決して何気ないものではなかった、ということである。生徒たちはホールデンが自殺したと思い込んだ後で、見回せばバスローブを羽織ったホールデンがそこにいるのに気付き、その勘違いを訂正した——もしも、そんな状況まで想像してよいのだとすれば、ここにも一瞬だけ「どちらが死んだのか」という、もう私たちにはおなじみの問題が生じていたことになるだろう。

思い出されたい。シーモアの自殺は、「ぼくたち［シーモアとバディー］のどちらかがこの世を去るとき」という形で予言されていた。結果的にシーモアが死んだのだが、それはバディーの死でもありえたのだった。だからこそあの「若い男」は、バディーの星座をいわば「着て」いたのだった（第1章）。「テディー」の結末で描かれる落下死もそうだった。あれは、兄テディーか妹ブーパーか、どちらが死んだのかよく分からない落下なのであった（第3章）。そのような死をサリンジャーは繰り返し描いていたのだった。

同様に、ジェイムズの落下も、ホールデンの落下でもあり得たような、不思議な落下だったのではないだろうか。結果的にジェイムズの方が転落死したのだが、その落下者としてのポジションは、ホールデンのものでもあり得た。彼らの立場は入れ替わりが可能なものであった、ということではないだろうか。後にアントリーニ先生が、まるでホールデンがジェイムズであるかのように、落下死を心配していたのも、このような推測を裏付けるだろうし、また、ジェイムズ・キャッスルという名前自体も、チェスのキャスリングという一種の入れ替わりの技（キャスル［＝ルーク］は、一手でキングと左右を入れ替わることが出来る）を連想させもするだろう。どうもホールデンはジェイムズと入れ替わりが可能な関係——「どちらが死んだ？」という関係——を結ばされているようにも見えるのである。

入れ替わり

これは飛躍した議論だろうか。セーターの貸借を手がかりに、生者と死者の「入れ替わり」まで議論を発展させるのは拡大解釈のように見えてしまうかもしれない。しかし、サリンジャーはかなり計画的に、セーターの挿話を「どちらか問題」として準備していたに違いないのである。なぜなら、小説の比較的早い段階（ホールデンがまだペンシーの寮を出て行く前）でも、ホールデンは同じように服を貸してくれと頼まれていて、それが幕開けとなって、くどいほどの「入れ替わり」が連続して描かれていたからだ。さらに興味深いことに、一連の挿話は一つの「落下」で締めくくられてさえいるのである——

「ジャケットを貸してくれ」とホールデンに頼んだのは、ルームメイトのストラドレーターだった。スペンサー先生宅を訪ねた後、寮に戻ってからのことである。ストラドレーターはデート中なのだが、相手を待たせて一日部屋に戻ってきたのだった。そして、（小説のプロット上では）ジェイムズ・キャスルより早く、似たような頼み事をするわけである。

開口一番、ストラドレーターはホールデンに「お前って、今晩特に出かける予定ある？」〔33〕と尋ね、「もし特にどこにも出かけないんなら、お前のハウンド・トゥースのジャケット貸してくれないか？」〔33〕と頼む。さらにもう一度、「いや、まじでさ、お前ってあのハウンド・トゥースを着る予定あるのかな、ないのかな？　オレ、自分のグレーのフランネルのやつになんかこぼしちゃったんだよ」〔34〕と重ねて尋ねる。

ジェイムズに頼まれたときには「ほとんどアイツにセーターを貸さないところだったんだ」と言うことになるわけだが、ストラドレーターに対してもホールデンは同じように貸し渋る。サイズが合わないからだ。

「予定はないけどさ、お前の肩でジャケットが伸びちゃうのはイヤだな」とオレは言った。オレもアイツもだいたい身長は同じなんだけど、体重はアイツの方がオレの二倍ぐらいあってさ。アイツは肩幅がすごく広いんだよ。〔34〕

しかし、結局ホールデンは自分のジャケットを貸してやる。そして、ほとんど無理矢理に巨漢のストラドレーターが細身のホールデンの服を着る。そんな奇妙な瞬間から、二人の入れ替わり劇が幕を開ける。

ストラドレーターは身支度をしながら、もう一つ頼み事をする。

「歴史の宿題があって月曜までに百頁ぐらい読まなきゃいけないんだよ。だから、オレの代わりに国語の作文を書いてくれないか？」〔37〕

これもまた、サイズの合わないジャケットの時のように、少々おかしな頼み事なのであった。この時すでに、ホールデンは学業不振を理由に退学が決まっていたからだ。この点をホールデンは指摘する――

これはとっても皮肉なことだったよ。ホントにさ。

「オレは落第してこの学校から出て行かなきゃいけないヤツなんだぜ。なのに、お前の代わりに作文を書いてくれってオレに頼んでるのか」とオレは言った。[37]

ジャケットにしろ、宿題にしろ、ストラドレーターからホールデンへの頼み事の不自然さが強調される中で、さらにこの後、驚くべきことが発覚する。なんと、ストラドレーターのデート相手が、ホールデンの女友達だったのである。

「あ、忘れるとこだった。あの子、お前のこと知ってるってさ」

「誰が知ってるって？」オレは聞いた。

「オレのデート相手だよ」

「そうなの？　名前は何さ？」すごく気になって、聞いた。

「なんだっけな。あ、ジーン・ギャラガーだ」

いやぁ、これを聞いて、オレはほとんどぶっ倒れて死ぬところだったよ。

「ジェイン・ギャラガーだろ」。オレはそう言って、座っていた洗面台から立ち上がった。ほとんど、ぶっ倒れて死ぬところだった。「お前の言うとおりだよ。その子を知ってるよ。

前の前の夏に、ほとんど隣に住んでたから」[40]

こうして、ホールデンとストラドレーターとの役割交換についての情報が出そろう。ホールデンが「ぶっ倒れて死ぬ」と驚いているのは、単にストラドレーターのデート相手が自分の女友達だったという偶然だけだが、読者はホールデン以上に驚くはずである。

というのも、これからストラドレーターは、ホールデンのジャケットを着て、ホールデンの女友達とデートに出かけるのだから。まるで、ホールデンの身代わりのように。私たちがさらにそのような印象を強めるのは、ストラドレーターがデートしている裏で、今度はホールデンがストラドレーターの代役として振る舞うからでもある。

ホールデンはストラドレーターの作文を代筆せねばならないのだった。その第一ページにホールデンはストラドレーターの名前をタイプするという実に象徴的な行為をしたことであろう。さらにはご丁寧にも、このときホールデンは自分のではなくストラドレーターのタイプライターまで使ったと言い出すのである――「書くのに一時間ぐらいもかかっちゃった。だって、ストラドレーターのむかつくタイプライターを使わなきゃならなかったから。自分のを使わなかったのには理由があってさ、廊下の奥の部屋のヤツに貸しちゃってたからなんだ」[51]。このように少々無理矢理で唐突な書き足しをしたのはなぜか、理由は一つだろう。ストラドレーターのホールデン化の裏で進行するホールデンのストラドレーター化を明確にするためだったに違いない。

一方が他方の道具(ジャケット/タイプライター)を使って、他方の仕事(デート/宿題)を行う。執拗に調えられたこの均衡は、一連の出来事がただの「代役」というより二人の「入れ替わり」の表現であることを示しているはずである。

どうやら、ストラドレーターがホールデンの服を着た瞬間に、二人の間には不思議な世界が生まれてしまったようだ。もはや、二人のうち誰がデートするのか誰が宿題をやるのかは本質的な問題ではないような、入れ替え可能な世界が実現したようだ――すなわち、なんであれ「どちらか」がやればいいのである。

この見事なほど図式的な「入れ替わり」は、後に描かれるホールデンとジェイムズ・キャッスルの関係の予型としてデザインされたのであろう。私たちがそう確信するのは、このあとホールデンがジェイムズのように「落下」するときである。そして、そこでも大きな音が響くことになる。

それは、ストラドレーターがデートから帰ってきたときの出来事だ。ホールデンの気持ちは張り詰めていた。ジェインとは二年前の夏、毎日遊んだものだ。その子が今、ホールデンが変態の王様と呼ぶストラドレーターとデートをしている。そう思うと、いてもたってもいられない――「もしも君たちがストラドレーターのことを知っていたなら、オレみたいに心配したはずだよ。アイツとは何度かダブルデートしたこともあるから、オレはホントに分かるんだよ。アイツはブレーキがきかないんだ」〔52〕。

夜も更けて、やっとストラドレーターが帰ってくる。すぐに服を脱ぎながら、ホールデンに代筆してもらった作文を読みはじめる。だが、内容が気に入らない様子だ――「お前は何もまともに出来ねえんだな。この学校から追い出されるのも無理ねえな。これっぽちも頼まれたとおりには出来ねえんだ。これっぽっちもな」[53]。そこで、ホールデンは作文を取り返して破り捨ててしまう。緊張は高まるばかりだ。

ついにホールデンは、「お前、ジェインとどこ行ったんだよ……車の中でやったのか？」[56]と震えた声で尋ねてみる。「素人には教えねぇよ」[56]と答えるストラドレーターに、もうホールデンは我慢の限界だ。歯を磨いていたストラドレーターの歯ブラシを狙って「アイツの喉を真っ二つに割って（split）やる」[56]つもりでパンチを繰り出す。しかし、残念ながらうまくヒットしない——

とにかく、気がついたら、オレは床に倒れていて、オレの胸の上にアイツが座ってたんだ。顔を真っ赤にしてさ。つまりさ、アイツのムカツク両膝がオレの胸を押しつけてたんだ、だいたい一トンぐらいある体重で。アイツはオレの両手首もつかんでたから、アイツをもう一発殴ってやることもできなかった。[56-57]

このあと、一度立ち上がったホールデンは、再び殴り倒され、「床にぶつかって頭蓋骨が砕けちゃったんじゃないか」[58]とストラドレーターを心配させるほどの倒れ方をする。「頭蓋骨が砕ける」という表現が意味するところを、私たちはもう知っている。これだけでも、頭が割れたジェイムズのように、ホールデンが「落下」しているように感じられるだろう。おまけに「オレは血だらけで、口もアゴも、着ているパジャマやバスローブも血に染まっていた」[59]という具合に、派手に血まで流しているのだから。

ただし、私たちの目にホールデンとジェイムズが重なって見えるのは、後にホールデンが回想することになるジェイムズの自殺をすでに知っているからである。この小説を初めて読み進めている読者は、まだジェイムズの存在を知らない。しかし、サリンジャーはそのような普通の読者にも、ストラドレーターと格闘したホールデンが「落下」したように見えるよう、この場面を実に入念に書いていたのである。

これより前、巧みな伏線が張られていたのだった。それは洗面所での出来事だった。昼間、デートの途中で部屋に戻ってきたストラドレーターは、鏡を見ながらひげを剃っている。そこで突然ホールデンはストラドレーターに飛びかかり、「ハーフネルソン」[39]というレスリングの技をかけていたのだ――


突然……オレは洗面台から飛び下りて、ストラドレーターにハーフネルソンを決めてやりたい気分になったんだ。知らなかったら教えるけど、それってレスリングのホールドの技で、首の所を絞めてやって窒息死させてやるんだ、その気になればね。[39]

この「レスリング」の後、ストラドレーターはデートに戻り、ホールデンは近くの町に遊びに行く。そのとき一緒だったのはなぜかレスリング部の生徒だとされている――「オレはマル・ブロサードっていうレスリング部のヤツとバスで町まで行ってハンバーガー食って、バカな映画でも観るかってことにしたんだ」〔47〕。

このように何気なく繰り返されるレスリングへの言及をたどってみれば、ストラドレーターがデートから戻った後で繰り広げられたケンカは、レスリングの第二ピリオドのようにも思われてくる。すると、二度目の格闘で何が起きていたのか、すぐに気付くであろう。巨漢のストラドレーターはホールデンを仰向けに押さえつけていたのだ（「オレの胸の上にアイツが座ってた」）。この状態は、レスリングの「フォール」にほかならないはずである。それを英語では“fall”と書く。すなわち「落下」である。これをつかみ損ねた読者がいるといけないので、サリンジャーはすぐに「床にぶつかって頭蓋骨が砕けちゃったんじゃないか」と加え、落下のイメージでもって念を押したわけだ。

入れ替わり可能な二者がぶつかり合って、一方が落下する――このパターンを私たちは何度見てきたことだろうか。今回の場合も、ストラドレーターとホールデンの間では、デートや宿題の役割交換だけでなく、「落下者」のポジションさえも入れ替わる可能性があったのかもしれない。実にさらりとだが、ホールデンではなくストラドレーターの頭が割れるイメージ――「アイツの喉を真っ二つに割ってやる（split his goddam throat open）」――も描かれていたのだった（それを日本語としては自然な「引き裂いてやる」でなく「割ってやる」と訳したのは、そのイメージを伝えるためであった）。ただ、ここでは結果的にパンチは正確にミートせず、ホールデンが「落下」したわけである。

そして、ここでも音が響く。ジェイムズが落下したときには、ホールデンはその音に驚き、シャワールームから飛び出して行ったのだった。今回のホールデンの「落下」でも、シャワーカーテンの裏でその音を聞いていた人物がいる。それは、シャワールームを挟んで反対側の部屋に住んでいる生徒、アクリーだった。

血だらけの格好のまま、ホールデンはアクリーのところに行って話しかけてみる——

シャワーカーテンをとおして、オレたちの部屋からちょっと光が漏れてきてたんで、アイツがベッドに横たわっているのが見えた。……「お前何してるの」とオレは聞いた。「何してるかって、どういう意味だよ。オレが寝ようとしてたら、お前らが騒ぎ始めたんだろ（you guys started making all that noise）」〔60〕

少年が落下し、音（all that noise）がして、シャワーカーテンの陰にいる人物が驚く。このときホールデンは、前の学校で起きたジェイムズの落下を期せずして追体験している。今度は自分が落ちる側として。ただ、そのことが読者に分かるのは、物語があと百六十頁ほど進んでジェイムズの自殺が語られるときなのである。

そしてそこに至ったとき、こうしてストラドレーターがホールデンの服を借りたことから始まる一連の「入れ替わり」と血みどろの「フォール（落下）」を知っている私たちには、ジェイムズの死体がホールデンのセーターを着ていたことの意味がよく分かる。小説の流れの上では、それまで象徴的なものにすぎなかったホールデンの「落下」を、ジェイムズが代理的に現実化しているのであろう。ストラドレーターが借りたジャケットのように、ジェイムズが借りたセーターもホールデンとの「入れ替わり」の表現だったのならば、あの飛び降り死体はホールデンのものでもあり得た、ということにもなる。すでに私たちがそう想像したように、セーターを着た死体は、その正体が生徒たちにとってホールデンなのかジェイムズなのかよく分からないような、いわば「どちらか問題」を体現していたわけである。

ならば、ジェイムズが死んだときの大きな落下音も「両手の音」（片手［一人］で鳴らしたと思い込んではいけない音）だったことになる。あれは、ホールデンとジェイムズが交差したときの音として聞くべきなのだろう。やはり、ジェイムズの「自殺」とは、あの若い男の「自殺」やテディーの謎の死と同じぐらい、サリンジャー文学の核心に触れる出来事であったに違いないのである。

しかし、ジェイムズの自殺をホールデンが語るとき、まだ小説は残すところ五十頁以上ある。小説のクライマックスとしては、少々早すぎる。後に見ていくように、この「落下」は物語の最高到達点ではないのである。

そもそもこの挿話は、ホールデンの回想にすぎないし、落下して死ぬのも突如登場したジェイムズである。私たちは、ホールデン自身がリアルタイムで同様の経験をする——誰かと入れ替わる形で「死ぬ」——まで、今しばらく待たねばならないようだ。

そんな来たるべきクライマックスをよりよく味わうためにも、私たちはもう少しだけジェイムズの挿話にとどまって、これまでの議論を整理、発展させておきたい。

この挿話がなにより重要なのは、落下者と「ミート」するとはどういうことか、という問いへの答えを私たちに与えてくれるところにある。

ライ麦畑のキャッチャーになりたいとホールデンが語る直前に、フィービーは「キャッチ」ではなくて「ミート」なのだ、と兄の間違いを正していたのであった。ならば、落下者を捕まえるのではなく「ミート」するとはどうすることなのか、という問いを、私たちは先に掲げた。そのときは、落下者ジェイムズに対するアントリーニ先生の行為に注目した。先生が死体を「拾い上げ」たことを、キャッチとは違う別の救済法のお手本のようなものとみなした。実際、ホールデンも先生の行為に感動していたのだった。だから「拾い上げ」こそが答えに思われた。そして様々な拾い上げ行為をたどりながら、落下者とはキャッチされるものではなく、落下後に拾い上げられるものなのだ、と論じた。

しかし、「拾い上げること」は究極の理想というよりも、その先にまだ「入れ替わること」という境地があることにもう私たちは気づき始めている。

たしかに、拾い上げることは、死を排除するのではなく包摂する行為である点では、生（A）と死（B）の二分法を乗り越えているようにも思われた。すくなくとも「A∪B」（BはAに含まれる／死は生に含まれる）は実現している。だが、そこには、拾う側（生者）と拾われる側（死者）の間の隔たり――一方通行な感じ――は残っている。手を差し伸べる者と差し伸べられる者の間には、どこか優劣さえ潜んでいる。

しかし、「入れ替わり」にはそれがない。拾う側と拾われる側の間に、入れ替わり可能な関係が結ばれれば、二者は対等になりうる。両者は他方へと反転可能な存在になるのだから。そこでは、いわば「A＝B」が実現する。

ならば、私たちの議論は半分正しく、半分は不徹底だったことになるだろう。たしかに、「ミート」することは、ジェイムズが落下死する場面で実現していたのである。そこは正しかったはずだ。だが、真のお手本を示していたのは、死体を拾い上げた英雄アントリーニ先生ではなく、野次馬の中に紛れていたホールデン自身であったのだ。

それは、ジェイムズの死体を取り囲んでいた人々の中で、ホールデンだけが死者と入れ替わる可能性を秘めていたからである。死体がホールデンのセーターを着ていたのは、そのことを象徴的に示していたのだった。自身はまったく意識していないものの、そのときのホールデンのように死者と入れ替わり可能な存在になること――これが死者と「ミート」するということに違いない。

この議論は少々わかりにくいだろうか。ならば、再びビリヤードの球を想像してみてもいいかもしれない。すでに何度か、私たちは死者と生者の関係を二つのビリヤードの球のようなものとして見てきた。ビリヤードの球は、勝手に単独で落ちるわけではない。一つの球がもう一つの球とぶつかって、すなわちミートして（「ミート」という語には、バットでボールをミートするときのように、「当たる」「ぶつかる」という意味もある）、初めて落下するのである。そして、正しくミートし、二つの球の当たる音がしたとき、一つの球は、他方の球（落ちていく球）の位置にピタリと止まり、ちょうど二つの球が入れ替わったようにも見えるだろう。それは両者が対等の質量／価値の存在であったことの証とも言える。だから、サリンジャー作品の「ビリヤード」では、どちらの球が落ちたのか、という勝負／結果は大切ではない。大切なのは二つの対等な球がミートするときの音の方だった。

その二つの球とは、現実には生者と死者へと分かたれることになる二者である。そんな彼らがミートしたときに音が生じる。「若い男」の銃声もそうだった。プールから響いた悲鳴もそうだった。ホールデンとジェイムズがミートする瞬間にも、寮生たちみんなが驚くほどの大きな音がしていた。逆から言えば、音が鳴るのは、サリンジャーが彼らの死を単独の死として描いていないからである。一見、一人だけで死んでいるようだが、その裏には、「入れ替わり」が可能なもう一人がいる。だから、そこでは、いわば「両手の拍手」が鳴り響く。その死を、どちらの方の手の音か（どちらが死んだのか）と問うことに意味はない。ビー玉遊びで、ただビー玉がビー玉に当たる音―― a responsive click of glass striking glass ――に耳を澄ましていたシーモア少年は、そのことを知っていた。だからこそ、自分の死も「（自分かバディーか）どちらかの死」と呼んでいたのであった。

つまりは、これまで私たちが見てきた「どちらかの死」――ジェイムズやシーモアやテディーの死――という不思議な現象とは、結局、「入れ替わり」が可能な死であったと言っていいのであろう。彼らの頭蓋骨が割れる瞬間とは、結果的にはこの世に残ることになる者とあの世へと去ることになる者が、入れ替わり可能であることを告げる（頭で築いた二分法が破壊される）象徴的な瞬間なのであろう。だから、そこでの二者は、まるでシュレーディンガーの猫のように、蓋を開ける瞬間まで（死体が地面に転がるまで）、どちらが死んだか決まらないのである。

どちらの死でもあり得た、という「入れ替わり」可能な二者の関係を表現するには、「キャッチ」や「拾い上げ」のような主体と客体の間に溝が刻まれた言葉より、「ミート」の語がふさわしいはずである。その語なら、ぶつかる者同士の対等性を上手く表現出来る。等しい資格の二者が正面から「ミート」する。そのとき両者が「入れ替わり」可能な存在であることを象徴する音が響く。そんな関係性ゆえに、ミートの結果生じる落下においても、両者にとって生死の区別は意味がなくなる。この境地を、これまで私たちは「神の八百長試合」や「海としての時間」などを想像することで理解しようとしてきたけれど、ミートする一瞬――すでにシーモア少年が言っていた"glass striking glass"という主客の区別がない衝突――をイメージすれば、「生＝死」はよりよく理解出来る。ミートとはそのような究極の表現なのであろう。

生と死の区別がなくなる、すなわち二分法が解体されて「A＝B」が実現する特別な瞬間が、サリンジャー作品では「どちらが死んだか分からないような落下／死」として表現される。それゆえ、「ミート」による死は悲劇ではなく、生者と死者の両者にとって、生と死の違いが無効になる究極の祝福にほかならない。

アリーが死んだ夜

しかし繰り返せば、ジェイムズの挿話は、そのように目もくらむような祝福の前触れにすぎないのであった。ホールデンが最も切実にミートしなければならない死者として、この小説が描き続けていたのは、ジェイムズではなく弟のアリーであった。結末では、ホールデンはアリーと劇的にミートすることになるであろう。だからこそ、その準備として、二人はその瞬間まではすれ違っていなければならなかったのである。

元々、ホールデンはボビーの家の前でアリーとミートし損ねていたのだった。今でもそれを思い出しては、むなしくミートの実現を夢見ていたことはすでに見たとおりだ。実は、アリーが死んだときも、ホールデンは弟と「ミート」する機会を与えられていなかったようなのである。

オレはまだ十三で、親はオレのことを精神科に連れて行こうとしたんだ。だって、オレが車庫の窓を全部割っちゃったからさ。別に親は悪くない。マジで悪くない。アイツが死んだ夜、オレは車庫で寝てたんだ。それで窓を全部、訳もなく拳でぶっ壊したんだ。その夏に家族で使ってたワゴン車の窓も、全部ぶっ壊してやるつもりだったんだけど、その時にはもうオレの手の方がぶっ壊れてて、それで出来なかったんだ。馬鹿なことをやったもんだとオレも思うよ。でもさ、自分が馬鹿やってるってことも、ほとんど自分でも分かんなかったし。それにみんなアリーのこと知らないだろ。今でも時々、手が痛いなって思うことがあるんだ、雨が降ったりするとさ。それに、ちゃんとした拳も、もう作れなくなっちゃってるんだ。なんかさ、ぎゅっと握れないんだ。けどそれ以外は、あんまり気にならないな。別にオレは変な外科医とかバイオリン弾きとかになるわけじゃないからさ。[50-51]

理由は説明されていないが、アリーが死んだ晩、ホールデンはガレージで寝ていた。弟のベッドサイドで最期まで手を握っていた、というようなことはなくて、なぜか一人離れたところに追いやられていた。そしてそのとき、拳でガレージの窓を全部割って、骨折してしまう。

その怪我のせいで、今度はアリーの葬式に参列できなくなる。すでに議論したアリーの葬式での親戚の振る舞いは、兄DBからホールデンが伝聞したにすぎなかったことを思い出されたい――「口の臭いおばさんが一人いて、なんて安らかに眠っているんでしょう、って繰り返し言ってたって、DBが教えてくれた。オレはいなかったからね。まだ病院にいたんだ。手を怪我しちゃったから、病院に行かなきゃならなかったわけだよ」［201 強調は引用者］。

どうやら、サリンジャーは意図的にホールデンをアリーに会わせて（ミートさせて）いない。死んだ時にも、葬式でも、ホールデンをアリーから遠ざけた。おそらくホールデンは弟の死に顔も拝ませてもらっていないのだろう。そのあとサリンジャーは、ホールデンが墓参りに行くのさえ止めさせている。墓を訪れたときには雨を突然降らせ、早々に切り上げさせた。そのせいでホールデンは、その後は一切墓参りをしなくなったのだった――「［墓参りには］両親と一緒に二三度行ったけど、あとは止めてしまった。……二度もさ――二度もだよ――お墓にいたときに雨が降り始めたんだ」［201-202］。このように、サリンジャーはホールデンとアリーをなるべく「ミート」させないように描いている。

それではあまりにホールデンがかわいそうだからか、あるいは、それもまた結末への準備なのか、サリンジャーが「ミート」の代わりにホールデンに与えたのは、アリーの野球のミットだった。ホールデンとしては、会わせてもらえないのだから、形見にすがるしかない。それは肌身離さず持ち歩くには少々大きすぎるはずだが、実家から離れた寮にもスーツケースに入れて持ち込むほど大切にしている。そしてストラドレーターに作文の代筆を頼まれたときには、そのミットについて書くのである――「オレは弟のアリーが持ってた野球のミットについて書いたんだ。……弟のアリーは左利き用の野手のミットを持っていた。アイツは左利きだったんで」[49]。さらに私たちには、弟が白血病だったこと、赤毛であったこと、よく笑って椅子から転げ落ちていたことなどを、ときに「アイツはオレの五十倍は頭が良かった」[49]とか「アイツはいいヤツでもあった、いろんな意味で」[50]などと最上級の賛辞を交えながら、熱く語るのである。

このようなホールデンにとって、弟と引き離されて生きねばならない現在がどれほど大変なのかは誰でも容易に想像出来るが、しかし、想像しがたいのは、彼がそれでも弟と「ミート」しようとする、そのやり方であろう。

ミートするとは入れ替わることだ、とすでに議論した。ホールデンはアリーが死んだ晩から、自分でも知らぬ間に、その方向に踏み出していたようだ。彼は自分の右手をつぶしていたのだから。それが右手であったことは、あのストラドレーターとのケンカの場面でさりげなく記されている――「オレは右手で殴っちゃったんだ。その手じゃ、ちゃんとした拳を作れないんだよ、前に説明した怪我のせいでさ」[56]。つまり、弟が左利きだったと繰り返された後、ホールデンの右手がアリーの死んだ晩からずっと不自由であること、こう言ってよければ擬似的な左利きになっていたことを、私たちは知るのである。

しかも、アリーが赤毛であったと語る直前には、ホールデンは赤い帽子を被ってもいる――「オレはパジャマとバスローブ姿になって、ハンティングハットを被って、作文を書き始めたんだ」[49]。それが赤いハンティングハットであったことは、それまでに二度［24、36］書かれている。

不自由な右手も左利きのミットも赤いハンティングハットも、ホールデンのいわばアリー化の兆候のようにも見える。ホールデンの「代役」をつとめたストラドレーターやジェイムズは、ホールデン自身のジャケットやセーターを着ていた。他方、ここでのホールデンはアリーの服こそは着ていない。だが、自らもアリーのような赤い頭（赤い帽子を被っている）になりながら作文に書いているそのミットもまた、擬似的左利きのホールデンが「着る」のにふさわしいように見えないだろうか。

むろん、それらは兄弟の「入れ替わり」にはまだ十分でない。しかし、ホールデンがストラドレーターと「入れ替わって」書いていたこの作文は、死者にどう対処すればよいか――落ちる前にキャッチするという勘違いを経て、最終的には死者と入れ替わることに達する――というホールデンがこれから解くべき大きな問題の出発点になっていることは間違いないだろう。なぜなら、作文周辺のエピソードで、はやくもキャッチャーのモチーフが表れているからである。狩猟用の帽子も、ボールをキャッチするミットも、何かを「捕まえる」道具にほかならない。おまけに、ホールデンが赤い帽子を、わざわざ野球のキャッチャーのように、ひさしを後ろ向きに被ってもいる〔24、36〕ことはあまりに象徴的で、多くの読者が指摘している通りである。

しかし、くどいようだが、キャッチすることは正解ではない。この赤い狩猟の帽子も、獲物を狙い撃ちするための帽子であるはずがない。もしそうであったら、ハンターと獲物は、対立する関係に留まってしまう。たしかにホールデンが「これは人撃ちの帽子なんだ。オレはこれを被って人を撃つんだ」〔30〕と言うとき、その標的は世間のインチキな人々のようにも聞こえる。読者のなかには思いつめて、実際に有名人に銃口を向けた人たちも出てきてしまった。それほど過激ではないにせよ、ホールデンがインチキたちをこき下ろす辛辣さに魅了された読者も多くいた。しかし、これまで述べてきたように、あらゆる二分法的な敵対関係は、最終的にはサリンジャー的ではないはずである。インチキを批判した舌の根も乾かぬうちに、ホールデン自身が同じインチキを犯すこともすでに触れたとおりだ。ときには、空気銃で何かを撃てると誤解していたことも思い出されたい。おそらく、銃の狙いを定める仕草をしている（獲物をキャッチしようとしている）ホールデンは、まだその時点ではハンターとしての自覚や修行が足りないだけだったに違いない。

幸い、もうすでに私たちは、撃つことの名人に巡り会ってきた。ビー玉名人のシーモア少年と弓聖の阿波研造である。二人とも、撃つ者と撃たれる者あるいは射手と的が一つになる境地に達していたのだった。他方、ハンティングハットを被って狙いを定めようとしているホールデンは、ちょうど阿波の弟子のヘリゲルのようなものなのだろう。ヘリゲルは、狙って射るから矢は的に中るのだ、と思い込んでいた。その当然至極の理屈を乗り越えるのに苦労していたのだった。だが、暗闇の中で阿波が的を射貫いたとき、ヘリゲルはその場にくずおれ、狙わない射に得心した。キャッチャーになりたいと願うホールデンも、無意識に「拾い上げ」を行いつつも、頭では、落下者は捕まえることで救われるという普通の理屈に囚われているところがあったのだろう。しかし、すでにゲームにおける敵味方の対立関係（人生はゲームだ）を乗り越えているホールデンには、ハンターと獲物の新たな関係を会得する素地はある。実際、ホールデンはいわば阿波的な撃ち方／捕まえ方を、小説の結末までに学ぶことになる。

そのとき師匠の役目を果たすのは、妹フィービーである。その名フィービーが狩猟の女神アルテミスの異名であるのは、どうやら偶然ではなさそうなのである。

フィービー師匠

そもそも、「キャッチ」の間違いをホールデンに告げたのは、フィービーであった。一見、単にホールデンがロバート・バーンズの詩を間違えて「キャッチ」だと覚えていただけのようでありながら、フィービーが示す正解「ミート」こそ、まさに生者と死者という二項対立を超える契機となることは、すでに議論してきた。

しかしホールデンは、狩猟の女神のさりげない「指導」を気にとめることもなく、なおもキャッチャーになりたいと言っていたのだった。ならば、弓聖阿波のような暗闇でのレッスンがホールデンにも必要なのかもしれない。実際、兄と妹はこのあと暗闇の中で小さく「ミート」している。

深夜、妹と話をしていると、突如両親が帰宅する。そこで、慌ててホールデンはクローゼットの中に身を隠す。すぐに母親がフィービーの様子を見に部屋にやってくるのが聞こえるが、しばらくすると母は出て行く——

それで、オレはクローゼットから出たんだ。そしたら、オレのところに教えに来ようとしてベッドからやってきたフィービーと、出たとたんに正面からぶつかっちゃったよ。真っ暗だったからね。〔231〕

なにげない衝突ではある。テディー兄妹がぶつかった時のような音もしない。しかし、この「ミート」の練習のような出来事においても、生死の入れ替わりほど劇的ではないけれど、一つの「交換」が続いて起きている。

この後すぐ、お金がないという兄に、フィービーはクリスマスのお小遣い全額を差し出す。兄は「二ドルでいいんだ」〔232〕と言って返そうとするが、妹は頑として兄に受け取らせる——「妹に金を返そうとしたんだけど、アイツはどうしても受け取らないんだ」〔232〕。ホールデンは深く感動して、暗闇の中で座ったまま泣き出してしまう。そして今度はホールデンが、コートのポケットからハンティングハットを取り出して、妹に渡す——「妹はこういう変な帽子が好きなんだよ。受け取ろうとしなかったけど、受け取らせたんだ」〔233〕。

金は妹から兄へ、帽子は兄から妹へ移動する。これが「交換」に見えるのは、受け取るときの兄妹の仕草が鏡像のように似ているからでもある。金も帽子も、一方が差し出し、他方は遠慮しつつも受け取っている。当事者同士はその意義を分かってはいないものの、ホールデンの流している涙がこの場面の特異性を物語っているであろう。この金と帽子は、小説最後の数頁でもう一度、フィービーとホールデンの間を移動する。そのときには、兄妹の「入れ替わり」が見事に演じられるだけではない。ホールデンは、フィービー師匠に導かれるようにして、見事なハンティングをやってみせることになるのである。

だが、それは翌日の昼の話だ。金と帽子の交換がクライマックスへの一つの準備であったことは、すなわち正しい「ミート」に至る準備であったことは、その時までは私たちにも分からない。

その大切な瞬間に至るまで、サリンジャーはとても注意深く筆を運んでいる。

その後訪れたアントリーニ先生の家で、ホールデンが「キャッチ」してもらえなかったことはすでに述べた。翌朝、駅のベンチで目覚めたホールデンは、全てを捨てて西部へと旅立とうと決心する。いつも通りの行き当たりばったりの決断だ。だが、その前に妹に借りた金を返しておきたい。そこで、妹の学校に行って、メモを渡してもらうことにする。そこにホールデンは「もし来られるなら、十二時十五分すぎに美術館の入り口のところで会おう（meet me）。クリスマスのお小遣いを返すよ」〔260〕と書いた。学校は美術館のすぐそばなので「妹はちゃんとオレに会える（meet me）のは分かっていた」〔260〕と、「ミート」の語を繰り返す。

さて、「ちゃんとミートする」時とは、どちらかが「落下」するときでもあった。だから、妹とミートする前に、ホールデンは「落下」を経験することになる（ミートと落下の順序には、微妙なヴァリエーションがある。本当のビリヤードの球ならば、ミートしてから落下するわけで、その順は、これまで議論した落下する側が主人公役の物語をうまく説明した。たとえば、死すべきシーモアからすれば、バディーとミートして死んだのであり、テディーも妹とぶつかってから死んだのだった。いわば理想の死を経験する彼らの物語は、その順［ミート→落下］で語られることになる。しかし、残された側を主人公とする物語では、ミートと落下は当然逆の順で主題化される。「大切な人に死なれてしまった、ああどうしよう」というところから始まるのだから「落下」が先に来る。そして、主人公が落下者［死者］といかにして「ミート」の関係を結び、死者と自分を同時に救うか、という物語になる。そこではだから、「落下→ミート」という順番になる）。

これから狩猟の女神がハンティングの手本を示すためには、まずはホールデンが「落下」しておかねばならない。だから彼は美術館のトイレで昏倒し、「死んでもおかしくなかった」ほど床に体を打ちつけるのであろう——

トイレから出ようとして、ちょうどドアの手前のところで、ちょっと気絶しちゃったんだ。けど、運が良かった。床にぶつかったときに死んでもおかしくなかったんだけど、体の脇の方から倒れたんだ。変なことなんだけど、気絶した後気分が良くなったよ。ほんとに。倒れてぶつかった腕がちょっと痛かったけど、もう全然めまいとか感じなくなったんだ。［265］

この場面は、物語の重要な転換点としてしばしば読まれている。ちょうどホールデンはお腹も壊しているので、ここで一種のカタルシス（「排泄」から転じて「浄化」）を経験している、とされる。これまでは落下することを心配していたけれども、実際に経験してみたら、逆にスッキリして気分が良くなった。つまり、ここでホールデンは落下など恐れるほどでないと気づいて成長したのだ、と前向きに読んでみるのである。

ここでホールデンは死んでいるわけではないので、「落下」を挫折や堕落の比喩と捉える余地はある。さらにもっと前向きに、落下という苦難の先には充実した未来がある、あるいは大人になれるのだ、と考えることも可能かもしれない。しかし、そのような読み方は他の落下を少々軽んじているのではないだろうか。レコードは落ちて割れてしまったのだし、ジェイムズやアリーは実際に死んでいたのであった。彼らには、これからの「成長」などはないのである。そんな落下者や死者から目を背けた議論は、明るい未来に目を向けようとする良き意図とは裏腹に、かえって抑圧的なように思う。無意識なのだろうが、死者にはフタをしておきたいのかもしれない。それでは、雨が降っただけで死者を放り投げて走り出していた人々と、本質的には違わないだろう。

だから、もしもトイレの床に落下したホールデンが成長するのだとすれば、それはこれから前向きに生きていくとか高校に復学して大学に行くとか、そういうことではなくて、むしろ世間とは逆向きに、死の意義を見いだしていく、すなわち死者の弔い方（ミートの仕方）を知る、という方向であろう。一見そんな暗い道が、自分にとっては祝福であることを、ホールデンはトイレの床に「落下」する中で予感したのかもしれない。落下がなければミート（救済／祝福）もないのだから、それも当然である。

さて、前夜から狩猟の女神にハンティングの教えを知らぬ間に受けているホールデンは、こうして落下した。今や、女神が登場してキャッチ／ミートの模範を示す準備は整ったのである。間もなくホールデンは、美術館へと歩いてくるフィービーをドアのガラス越しに見つける。まるで鏡に映った自分自身を見るかのように。事実、そこに現れたのは、なんとホールデンに変身したフィービーなのであった。そして、その姿そのものが、落下したホールデンに対する答えにほかならない――

やっと、妹が見えた。ドアのガラスのところをとおして、妹が見えたんだ。なんで見えたかって言うと、オレの狂ったようなハンティングハットを被っていたからなんだ。あの帽子なら十マイル離れていたって見えるさ。〔266〕

フィービーは、ホールデンの帽子を被っている。これまでホールデンが野球のキャッチャーのようにひさしを後ろ向きに被っていた帽子だ。しかし、フィービーが持っているのはそれだけではなかった――

意味が分からなかったのは、妹がでかいスーツケースを持っていたことなんだ。妹は五番街を渡っているところで、無茶苦茶でかいスーツケースを引きずってたんだ。ほとんど引きずることも出来てなかった。近づいて見たら、オレの古いスーツケースだって分かった。オレが前のウートン校で使ってたヤツだ。……その狂ったようなスーツケースのせいで、妹は息が切れ切れになっていた。〔266〕

ホールデンはこれまでたびたび息を切らしていて、それをタバコのせいにしたりしてきたのだが、ここでは妹が息を切らしている。それは、ホ、ー、ル、デ、ン、のスーツケースを引きずっているからだった。さらに、このとき一人で西部に旅立とうとしていたホールデンと行動を共にすべく、フィービーは開口一番「私も一緒に行くわ。いいでしょ」〔267〕と言う。そして「私は学校には戻らない」〔269〕と繰り返し宣言する。クリスマス休暇前に学校をやめて旅立とうというのだ――まるで放校になったホールデンのように。着ているものから、持ち物から、息切れから、行動まで、見事にフィービーはホールデンになりきっている。

フィービーと話しながらも、ホールデンは「オレはほとんどぶっ倒れそうだった」〔267〕あるいは「オレはまた気絶するんじゃないかと思った」〔267〕と繰り返し、「落下者」の役を務め続けている。そんなホールデンに対して、前の晩には落下したレコードを「救済」してみせたフィービーが、今度は「拾い上げ」から一歩進んで、落下者との「入れ替わり」を演じてみせたわけだろう。

しかし、これで終わりではない。フィービーによるキャッチ／ミートの教えはまだ続く。自分を連れて行こうとしない兄に腹を立てたフィービーは、ハンティングハットを兄に投げつけるのである――

妹はオレが話しかけても無視をした。代わりに何をしたかというと、オレの赤いハンティングハット――オレが妹にあげたやつだよ――を脱いで、ほとんどオレの顔をめがけて投げつけたんだ。で、またオレに背中を向けてしまった。参ったよ。けど、何も言わなかった。オレはただそれを拾い上げてコートのポケットに入れたんだ。〔269〕

キャッチャーのシンボルとも言える赤い帽子が、このときフィービーからホールデンに渡される。まるで弓聖阿波が弟子へリゲルに弓を渡して「こんどはあなたが射てみよ」と言うようなものだろう。ハンティングハットを受け取ったホールデンは、うまくハンター／キャッチャーになれるか、やってみなければならない。

まずは、地面に落ちた帽子をホールデンは拾い上げた（「オレはただそれを拾い上げてコートのポケットに入れた」）。いつもどおり、キャッチではなく拾い上げることを正しく実行できたようだ。しかし、物ではなく人に対してはまだキャッチしようとしてしまうのである。

この直前の出来事だ。フィービーを学校に戻らせようとするホールデンは妹を捕まえようとする。だが、妹はそれを許さない――

「さぁ、来いよ。学校まで歩いて送っていくからさ。さぁ、来いよ。昼休みが終わっちゃうだろ」

妹はオレに答えようとはしなかった。妹の手をつかもうとしてみたんだけど、そうさせてはくれなかった。〔268　強調は引用者〕

さらに何度か、学校に戻る、戻らないで押し問答した後、再びホールデンは妹に触れようとしてしまう――

妹はまだオレのことを見ようとしなかったし、妹の肩とかなんかに手をかけようとしたりすると、そのたびに妹はオレにそうさせないようにしたんだ。〔269　強調は引用者〕

このあと二人は、距離を保ちながらも、セントラルパークの動物園へと歩いて行く。そこでホールデンは同じ失敗を繰り返す。アシカを見ているフィービーにホールデンは近づいていく――

妹に追いつく（catch up）のにいいチャンスだと思った。後ろから近づいていって、妹の肩に手をかけたんだけど、妹は膝を曲げてすり抜けていっちゃったんだ。……オレはもう妹の肩に手をかけたりしようとはしなかった。もしそんなことをしたら、妹が本当に先回りし

て逃げちゃうからね。［270－271 強調は引用者］

だが、舌の根も乾かぬうちに、ホールデンはまた妹を捕まえようとしてしまう。

　なんとなく、オレは妹のコートの背中のベルトをつかんだんだ。けど、妹はそうさせてはいくれなかった。妹は「手を引っ込めておきなさいよ、よろしければ」と言ったんだ。［271－272 強調は引用者］

何度も間違いを繰り返す弟子に耐えかねたかのように、ここでフィービーはきっぱりした口調でホールデンを「指導」した——「手を引っ込めておきなさいよ」。ついに、キャッチしてはいけない、との答えが発せられた瞬間である［Takeuchi "Burning" 329］。
　このとき、ホールデンは教えを正しく受け止めた。というのも、この後ホールデンは妹の前で、もはや練習ではなく実地に、見事なハンティングをやってみせるからである。

祝福

　そのとき二人はセントラルパークの回転木馬のそばにいた。いつの間にかフィービーの機嫌も直っている。兄はチケットを買って妹に手渡す。前の晩に妹に借りた金で買ったのである。つまり、フィービーは自分のお金をホールデン経由で遣うことになる。ちょうど、あの帽子が妹経由でホールデンに渡され（投げつけられ）ていたように。こうして、フィービーの金が二人の間で往復したわけである。帽子であれ金であれ、二人のうち「どちらか」が持っていればよいかのようだ。このように行き来する持ち物によって二人の入れ替わりの可能性が再び思い起こされた後、フィービーは木馬に乗る。

欧米の回転木馬には珍しくないことだが、外から木馬の方に突き出た棒の先に「金の輪」（ブラス・リング）と呼ばれる小さな輪がついていて、それをつかめればもう一度乗れることになっている。この木馬もそうだ。フィービーもその輪をつかもうと夢中だ。そんな妹の姿を眺めながら、ホールデンは「キャッチ」の勘違いをはっきりと悟る。

木馬が動き始めたんで、妹がくるくる回るのをオレは見ていた。他には五、六人の子供しか乗っていなくて、木馬で流れてた曲は「煙が目にしみる」だった。すごくジャズっぽくておかしな感じの演奏だった。子供たちはみんな金の輪をつかもうとしていて、フィービーも同じようにしていたんで、妹が木馬から落っこちちゃうんじゃないかってちょっと心配したんだけど、何も言ったりやったりしなかったんだ。子供っていうのは、もしも金の輪をつかみたいときには、そうさせてやらなきゃならないんだ。それに口を挟んだりしないでさ。落ちるときには、落ちるんだ。けど、子供に何か言ったりしちゃダメなんだよ。［273-274］

落ちるときには落ちる。捕まえようとしてはいけないのである。これをホールデンが学んだとき、狩猟の女神のレッスンは終わる。そして弟子を祝福することになる。

木馬から降りて戻ってきたフィービーは、兄にキスをするのだ――「そしたら全く突然に、妹がオレにキスしたんだ」[274]。そして、ホールデンが正しいハンターになったことの印として、妹は兄の頭にハンティングハットを戴かせるのである。

> これにはもう死にそうになったけど、そのとき妹がやってきてくれたんだ。オレのコートのポケットに手を伸ばしてきて、オレの赤いハンティングハットを取り出して、オレの頭に載せてくれたんだ。[274]

狩猟の女神が、キャッチしないキャッチャーの誕生を祝福し、「戴冠式」を行っているように見えないだろうか。冠は自分の手で被っては意味がないのだから――「オレの頭に載せてくれたんだ」。

だが、これで終わりではない。免許皆伝となったホールデンは、これから師の前で、キャッチではなく見事なミートを実地にやってみせねばならない。頭に戴いたハンティングハットが伊達ではないことを示すのである。

それには、その場にいるはずがない、もう一人の人物が呼び出されねばならなかった。始まりは、あのキスと「戴冠式」の間の一瞬にある。再び振り返りたい――

そしたら全く突然に、妹がオレにキスしたんだ。で、今度は手を伸ばして言ったんだ。

「雨だわ。雨が降り始めたわ」

「そうだね」

そしたら、これにはもう死にそうになったけど、そのとき妹がやってくれたんだ。オレのコートのポケットに手を伸ばしてきて、オレの赤いハンティングハットを取り出して、オレの頭に載せてくれたんだ。[274]

妹からの祝福のただ中で、雨が降ってくる。この雨が「ミート」の始まりを告げているのである。

雨など、誰がどう意図しても降らせられるものではない。狙って出来ることではない。かといってこの雨は偶然でもない。ちょうど阿波研造が暗闇の中で二本の矢を的中させたとき、それが意図でも偶然でもなかったように、この雨もいわば必然の雨であり、的に中った一本目の矢の軸を二本目が射貫くような正確さで、この一瞬のタイミングでホールデンの上に降り注いでいる。かつて阿波は、的の方から射手へと近づいてきてやがて両者は一体となると言った。ここではこの雨が、獲物をハンターの方へと、落下者を新キャッチャーの方へと近づけていく。そして、やがて両者の距離はゼロになり、ホールデンはミートすべき相手とミートすることになる。

その相手は、目には見えない。だが読者は、激しさを増す雨粒の中に、その姿を見出すだろう。フィービーが再び木馬に乗ると、雨はすぐに土砂降りになる。

いやぁ、雨が狂ったように降り始めたんだ。ほんとに、バケツをひっくり返した感じで。回転木馬の屋根の下に、親たちとかお母さんたちとかみんなが移動したよ、ずぶ濡れになったりしないようにさ。けど、オレはベンチのところにしばらく留まってたんだ。ずぶ濡れになったね、とくに首とかズボンとか。ある意味、ハンティングハットがオレのことをすごく守ってくれてたけど、とにかくずぶ濡れになったわけ。けど、気にはならなかったね。突然むちゃくちゃ幸せになったよ。妹のヤツがくるくる回ってたりして。ほとんど泣き叫ぶところだった。むちゃくちゃ幸せで。[275]

狩猟の女神は、まるで踊るかのようにくるくる回りながら、この瞬間を喜んでくれているようだ。ホールデン自身も、最高の幸福を感じている。なぜか。

それは、あのときも雨が降っていたからである。

天気がいいときには、別にそれ［墓参り］も悪くない。でも、二度もさ――二度もだよ――お墓にいたときに雨が降り始めたんだ。ひどいもんだった。雨は、アイツのしょぼい墓石にも、芝生にもアイツの腹の上にも降ったんだ。雨はそこら中に降ったんだ。お墓参りにきてた連中は全員、狂ったように走り始めて車に駆け込んだ。それで、オレは気が狂いそうになったよ。墓参りの人たちは、みんな車に入ってラジオを付けたりして、それでどこかい

いところにディナーを食べに行ったりするんだ――アリー以外全員ね。それには我慢がならなかった。〔201‐202〕

突然、雨が降ってくる。人々が雨宿りに走る。そして死者であるアリーだけが雨の中で濡れている。そうたどってみれば、アリーの墓場で起きたことが回転木馬の場面で再現されていることは明白だろう。木馬の場面でも、突然に雨が降り、人々が雨宿りに走り、一人だけが雨の中に残っている。ただし、ここでは一つの要素が入れ替わっている。最後にずぶ濡れになっているのは、ホールデンなのである。それゆえ、私たち読者の目には、ホールデンの姿にオーバーラップして、墓場で濡れそぼっていたアリーの姿が浮かび上がってくる。こうして、雨の中でホールデンが（その場にいるはずのない）死者と「入れ替わって」いくのを私たちは目撃する。

かつて、結果的に逝く者と残される者に切り離された兄弟が、入れ替わり可能な二者という新たな関係で結ばれる。もはや生き残った者と死んだ者の区別は意味をなさない。墓参りの時には存在していた両者の違い――弔う側と埋葬される側、救う側と救われる側、捕まえる側と捕まえられる側の違い――も、ここでは解消されている。

言い換えれば、ついにアリーの死はホールデンにとって「どちらかの死」となったのである（ちょうど、「バナナフィッシュ」の若い男の死が、シーモアかバディーかどちらかの死であったように）。

三年前に弟が死んだ時、ホールデンはどうしていいか分からなかった。自分の右手を破壊することぐらいしか出来なかった。しかし、この回転木馬の場面で、ホールデンは時間を遡って、あのときはただ意味不明で不条理な出来事だった弟の死と出会い直している。自分を狂わせ続けたアリーの死を、今、「アリーか自分かどちらかの死」として経験し直しているのである（ちょうど読者が「バナナフィッシュ」の男の死を、「ハプワース」から「バナナフィッシュ」へと遡って、経験し直したように）。

これまでのホールデンの苦しみを象徴していたのは、ボビーの家の前でアリーとミートし損ねた思い出だった。そんな過去の痛恨も、やり直されて癒やされている。なぜなら、ついにホールデンはアリーとミートしているのだから。

ホールデンが声にならない叫びとともに感じている至福とは、ミートの奇跡なのである。あの雨の中で兄弟は一つとなり、二人の間にあった距離はゼロになっている――ハンターは獲物と一体となり、射手は的と同時に自分を射貫き、ガラスはガラスに当たって音を響かせる――すなわち、二人は「ミート」している。だからこそ、この「シュート（打つ／撃つ／ハント）」の瞬間に生じている死／落下において、逝く者（落ちる者）と残る者の区別は意味をなさなくなる。つまり「どちらかの死」となる。そんなミートの瞬間を、ホールデンは経験しているのである。

そして、同時にこの瞬間、ホールデンの目の前では、今度は妹が――自分と入れ替わりを演じたばかりの妹が――回転木馬から落下しようとしている。すなわち、落下の衝撃音が響き渡る寸前になっている。だが、心配はいらない。もう準備はできている。ホールデンとフィービーは、いつでも正しく落下音／ミート音を響かせることができるのだから。三年前にアリーが死んだ時とは違うのである。

ホールデンはこうして、どちらが死んだのかは問題ではない死、という地点に到達した。言い換えれば、そんな「死」を経験したホールデンは、もはやこの世に残された孤独な単独者ではなくなったのである。死者のために生きるという幻想にすがる必要もない。死者と「どちらか」の関係を結んだ生者として、死者との衝突で体の半分が凹んで失われた――というより、空白を抱え込んだ――存在として、片足を引きずるようにして生きていけばよい。そして、それは決して茨の道などではないのである。

事実、まさにそのような存在であった作家バディーも、田舎に引きこもって薪を割ったりしながら案外楽しそうに生きていたのだった。バディーの現実版であるサリンジャーも同様だったはずだ。それはおそらく、彼らにはやるべき仕事があったからであろう。彼らには、ある死者の「代役」であるがゆえに、逆説的だが、他の人に代わってはもらえない掛け替えのない仕事が、たしかにあった。それは、「どちらか」の存在として作品を書くことであった。作家バディーは「死者シーモアか自分のどちらか」として書き、さらにサリンジャーは「そんなバディーか自分のどちらか」として書いていたのだった。思えば、死者か生者か「どちらかが書いた」としか言いようのない作品の極地が、最後の作品「ハプワース」だったのであろう。それは、死者シーモアが少年時代に書いた手紙を、作家バディーがひたすら書き写しているだけの作品なのであった。ならばその著者は、生者なのか死者なのか。サリンジャーが最後に残したのは、そんな謎なのであった。そしてその謎を、私たちは本書全体を通じて解いてきたのである。

たしかに「ハプワース」は傑作ではなかったかもしれない。だが、世間の評判や、あるいは出版することさえも、もはやサリンジャーには大した意味がなくなっていたのだろう。彼の人生を有意義なものにしていたのは、何かを死者と書き続けていくこと、すなわち、欠如した手と自分の手を合わせて音を生み出すこと自体であったはずだからである。

これからホールデンも、あの割れたレコードを奏でるかのように、言葉を生み出していくのだろうか。生死や敵味方や勝ち負けで分断されたこの世界で、十七歳の高校生に与えられた仕事としては、それは困難な道に見えるかもしれない。しかし、それほど心配する必要はないのである。少なくともあの雨の中で、彼もその第一歩を地獄ではなく祝福として経験していたことを、もう私たちは知っているのだから。

あとがき

本気だったのか冗談半分だったのかは分からない。あるとき私の研究室の大学院生たちに一つのブームが起きた。英米文学を研究する彼らは、さまざまな作品から登場人物の不審死をあぶり出して、その「真相」究明に興じ始めたのである。

決して私がけしかけたわけではない。しかし、きっかけは拙著『謎とき「ハックルベリー・フィンの冒険」』（二〇一五　新潮選書）であった。マーク・トウェインの代表作『ハックルベリー・フィンの冒険』（一八八五）では主人公の父親が殺されるが、犯人は最後まで特定されない。張り巡らされた伏線は回収されることなく放置された。それらを発見し、たどり直すことで、未解決殺人事件の謎を私なりに解いてみたのだった。

分かったのはトウェインが抱えていた葛藤だった。どうやら彼の中で、犯罪の真実を派手に解明したいという探偵的欲望と、罪を隠蔽したいという犯人的欲望が、いわばシーソーゲームを展開していたようだ。しかし、最後にぎりぎりで勝利を収めるのは、たいてい後者だった。トウェインは、推理小説の祖エドガー・アラン・ポーを絶賛していたものの、自らは推理小説家としては大成しなかった。その一因は、華麗な謎解きを忌避する作家自身の犯人的傾向、あるいはその根源にうごめく罪深い「秘密」にあったのではないか。では、その暗黒の秘密とは何か……。

三年後、さらにトウェインの探偵小説『まぬけのウィルソン』（一八九四）や人種問題などの考察を加えて英語で書き改めた『マークX――誰がハック・フィンの父を殺したか？』（*Mark X: Who Killed Huck Finn's Father?*）が出版され、翌年アメリカでエドガー賞の候補になると、院生たちの「誰が○○を殺したか？」ブームは頂点に達した。ちょっと待て、と指導しようとしたがもう遅かった。院生も恋も走り出したら止まらない。

ある者は、ポーが現実の未解決殺人事件に取り組んだ作品「マリー・ロジェの謎」にのめり込み、アメリカの学術誌に論文を発表するに至った。別の院生は、ヘンリー・ジェイムズの幽霊物語が殺人事件と関わっているのではないかと読み解いて、博士論文の一部に組み込んだ。そして、「誰がシーモアを殺したか？」と驚愕の問いを立て、弟バディー犯人説を唱えたのが、この本の共著者、朴舜起さんなのである。

この調子で学生たちは勝手に上手くやっていくのだな。そう思って大人しくしていてもよかったのだろうが、今度は私が刺激され、〈グラス家のサーガ〉を読み直し始めてしまった。その過程で、たしかに朴理論をサポートするいくつかの新たな発見――バディーの「義足性」や、「バナナフィッシュ」での足を巡るエレベーターの挿話の意義など（本書第1章参照）――もあった。しかし同時に、重大な問題に突き当たったのだった。バディーには容易に崩れないアリバイのあることが分かったのである。ならば、バディー犯人説は成り立たない。

朴さんに問うと、アリバイはバディーの偽装ではないか、という。たしかに、バディーは作中で作家という役割を与えられているので（サリンジャーの代表作群も彼が書いたとされる）、いかようにも自分の罪をごまかしながら書くことが出来る。しかし、もしもバディーがシーモアを殺して、それを意図的に隠蔽しようとしたのであれば、かなりの悪人ということになってしまう。多分に無意識に罪を抑圧したトウェインとは全く別のレベルの邪悪ぶりである。それではどうも味が悪い。もっと考えねばならない。そう私たちの意見は一致した。

そこからが長かった。サリンジャー作品の様々な記述は、シーモアの死の現場にバディーがいたことを示している。だが、やはり彼にはアリバイがある。では一体、あの現場にいたのは誰だったのか。まるで、死んだあの男は、シーモアであると同時にバディーでもあるかのようだ。しかし、そんなことがあり得るのか。この謎は解けるのか。

振り返ってみれば若気の至りとしか思われない一九九八年の拙著『「ライ麦畑でつかまえて」についてもう何も言いたくない』でも、私は『ライ麦』の様々な場面で「ないのにあること」や、「別のものなのに同じものであり、同じものなのにちがうもの」に繰り返し注目し、不思議がっていたのであった。どうやら「誰がシーモアを殺したか？」という問いは、『ライ麦』もグラスサーガも含んだサリンジャー文学を貫く何かに通じているのではないのか。こうして、問いの難度はますます上がっていった。

結局、誰が死んだのかという問題は、謎というよりむしろそれ自体が答えなのではないか、と思い至るのに三年近くかかってしまった。シーモアかバディーかどちらが死んだのかよく分からない、という状態は、一見「曖昧」なようではある。だから疑問が生じた。しかし、それは曖昧や矛盾というより、サリンジャーにとって極度に正確な生死の表現だったのではないか。謎と勘違いしてしまった曖昧さこそが答えだったのではないか。つまり、男を撃ち抜いた銃声は、いわば拍手の音だった。その音が右手から出たのか左手から出たのか決めようとするのは、端的に言って無意味である。同様に、あの銃声も生（バディー）と死（シーモア）の区別が無効になる瞬間の音だったに違いない。気付いてみればありきたりだが、やはりサリンジャーは禅なのだ。

それにしても時間がかかった。これは痛恨だった。最初の二章分を書いて旧知の編集者に送ってみた翌日、朴さんの御母堂様の訃報が届いた。本書を御霊に捧げたい。

本書の背景には、先に触れた研究で我が研究室の気運を高めてくれた博士課程の単雪琪さんと金沢大学専任講師となった宮澤優樹さんの貢献もある。禅を論じた第2、第3章では、三十年前に群馬県の予備校でバイトをしていたときの教え子で、今では師と仰ぐ禅寺（湯谷山長源寺）住職の澤中道全和尚に色々ご教示をいただいた。「解説」を書いてくれたのは、日英文学全般や英語教育で八面六臂の活躍をする阿部公彦さん。かつて英文科で机を並べたよしみで引き受けてくれた。また、編集を担当して下さった北本壮さんの魂のこもった仕事がなければ、拙稿がこのような形で世に出ることもなかった。みなさんに、心よりここに御礼申し上げたい。拍手！

（本書の元になった研究の一部は、ＪＳＰＳ科研費JP20K00407の助成を受けた。）

二〇二一年八月

竹内　康浩

引用文献

アレクサンダー、ポール『サリンジャーを追いかけて』田中啓史訳　ＤＨＣ　二〇〇三
安藤正瑛『アメリカ文学と禅』英宝社　一九七〇
エリオット、Ｔ・Ｓ『荒地』岩崎宗治訳　岩波文庫　二〇一〇
木村敏『時間と自己』中公新書　一九八二
――『偶然性の精神病理』岩波現代文庫　二〇〇〇
杉浦銀策「人物再登場の錯乱――サリンジャー文学の一側面」『駒沢大学文学部研究紀要』第五八巻　二〇〇〇年三月　一一七―一四六頁
鈴木滋「メンタル・ヘルスをめぐる米軍の現状と課題―『戦闘ストレス障害』の問題を中心に―」『レファレンス』二〇〇九年八月　三一―五三頁
スラウェンスキー、ケネス『サリンジャー――生涯91年の真実』田中啓史訳　晶文社　二〇一三
高水裕一『時間は逆戻りするのか』ブルーバックス　二〇二〇
竹内康浩『「ライ麦畑でつかまえて」についてもう何も言いたくない――サリンジャー解体新書』荒地出版社　一九九八
――『東大入試　至高の国語「第二問」』朝日選書　二〇〇八
田中啓史『サリンジャー　イエローページ』荒地出版社　二〇〇〇
ダワー、ジョン・Ｗ『アメリカ　暴力の世紀――第二次大戦以降の戦争とテロ』田中利幸訳　岩波書店　二〇一七
野間正二「帰還兵士の苦難――サリンジャーの「エズメに」再読」『文学部論集』第一〇二巻　二〇一八年三月

七九—九二頁
白隠慧鶴『白隠禅師法語全集 第12冊 隻手音聲』芳澤勝弘訳注 禅文化研究所 二〇〇一
ヘリゲル、オイゲン『新訳 弓と禅』魚住孝至訳 角川ソフィア文庫 二〇一五
星野哲郎「男はつらいよ」一九七〇
ロヴェッリ、カルロ『時間は存在しない』冨永星訳 NHK出版 二〇一九

Alsen, Eberhard. "New Light on the Nervous Breakdowns of Salinger's Sergeant X and Seymour Glass." *CLA Journal*, 45.3, 2002, pp. 379-387.

Aston, W. George. *A History of Japanese Literature*. Heinemann, 1899.

Blyth, Reginald H. *Zen in English Literature and Oriental Classics*. The Hokuseido Press, 1942.

---. *Haiku, Volume 1: Eastern Culture. Volume 2: Spring. Volume 3: Summer-Autumn. Volume 4: Autumn-Winter*. The Hokuseido Press, 1949-1952.

Bryan, James E. "Salinger's Seymour's Suicide." *College English*, 24.3, 1962, pp. 226-229.

Chamberlain, Basil Hall. *Japanese Poetry*. John Murray, 1911.

French, Warren G. *J. D. Salinger*. Twayne Publishers, 1963.

Genthe, Charles V. "Six, Sex, Sick: Seymour, Some Comments." *Twentieth-Century Literature*, 10.4, 1965, pp. 170-171.

Kakutani, Michiko. "From Salinger, A New Dash of Mystery." *The New York Times*, February 20, 1997, p. 15.

Nietzsche, Friedrich. *Der Wille zur Macht*. Kröner Verlag, 1980.

Poore, Charles. "Books of The Times." *The New York Times*, April 9, 1953, p. 25.

Salinger, J. D. *The Catcher in the Rye*. Little, Brown, 1951.

---. *Nine Stories*. Little, Brown, 1953.

---. *Franny and Zooey*. Little, Brown, 1961.

---. *Raise High the Roof Beam, Carpenters* and *Seymour: An Introduction*. Little, Brown, 1963.
---. "Hapworth 16, 1924." *The New Yorker*, June 19, 1965, pp. 32-113.
Shields, David, and Shane Salerno. *Salinger*. Simon and Schuster, 2013.
Slawenski, Kenneth, *J. D. Salinger: A Life*. Random House, 2012.
Streitfeld, David, editor. *J. D. Salinger: The Last Interview and Other Conversations*. Melville House, 2016.
Suzuki, Daisetz T. "Buddhist, Especially Zen contribution, to Japanese Culture." *The Eastern Buddhist*, 6.2, 1933, pp. 111-138.
---. *Essays in Zen Buddhism: Second Series*. Luzac, 1933.
---. *Essays in Zen Buddhism: Third Series*. Luzac, 1934.
---. *An Introduction to Zen Buddhism*. 1934. Rider, 1949.
---. *Zen and Japanese Culture*. 1938. Tuttle, 1988.
Takeuchi, Yasuhiro. "The Burning Carousel and the Carnivalesque: Subversion and Transcendence at the Close of *The Catcher in the Rye*." *Studies in the Novel*, 34.3, 2002, pp. 320-336.
---. "The Zen Archery of Holden Caulfield." *English Language Notes*, 42.1, 2004, pp. 55-63.
Yogoda, Ben. *About Town*. Da Capo Press, 2001.

解説

阿部　公彦

「殺人事件が起きないような小説は、小説じゃねえ」かつて竹内康浩と私が薫陶を受けた某教授は、ご本人が探偵小説作家でもあったせいか、教室でしみじみ言ったものだった。竹内の頭にもこの台詞がずっと木霊しつづけていたのだろう。

それから約二五年。竹内が二〇一五年に『謎とき『ハックルベリー・フィンの冒険』――ある未解決殺人事件の深層』（新潮選書）でマーク・トウェインのこの少年少女向けの定番推薦図書に隠されていた未解決殺人事件を暴き出したとき、私はすぐ教授の口癖を思い出した。その後、竹内は新たに材料を加えてこの本を英語で書き直し、*Mark X: Who Killed Huck Finn's Father?* (Routledge 2018) として出版。探偵小説分野でもっとも権威があるとされるアメリカのエドガー賞の評論・評伝部門で最終候補まで残り、高い評価を受けることになる。こうして竹内の未解決殺人事件マニアぶりは一躍有名になり、指導学生たちはもちろん、多くの人に注目されることになる。某教授の木霊はめぐりめぐって影響を及ぼし続けているのだ。

さて、こんどは『謎ときサリンジャー――「自殺」したのは誰なのか』である。これも登場人物の死の「深層」を探る本だ。だが、その内容に踏みこむ前に、本書の対象であるサリンジャーについて基本的なことを確認しておこう。通例J・D・サリンジャーと表記されるこの作家の正式名はジェローム・デイヴィッド・サリンジャーという。一九一九年、スコットランド系とアイルランド系の血を引く母と、ユダヤ系で食料品輸入商の父の元にニューヨーク市で生まれる。育ったのは主にマンハッタンのイーストサイド。ジェロームの学校の成績はとにかく惨憺たるもので、いくつかの学校に通ったものの全くなじめず、最後までつづいたのはペンシルヴァニア州のヴァリー・フォージ・ミリタリー・アカデミーだけ。ここに在籍していたときも、夜中にこっそり寮の布団の中で小説を書いていたという。

その後、いくつかの大学に籍をおいたものの長続きしなかったが、ニューヨークに戻ってコロンビア大でホイット・バーネットの授業を聴講したことが大きな転機となる。当時バーネットはノーマン・メイラーやカーソン・マッカラーズのデビューの場となった『ストーリー』誌の編集を手掛けていた。そのバーネットが、サリンジャーが授業時にもちこんだ作品の価値を認めて『ストーリー』誌に掲載したのである。これがきっかけとなり、サリンジャーの短編はいくつかの文芸誌に掲載されることになる。

まもなく第二次世界大戦が勃発。サリンジャーは日本による真珠湾攻撃の二か月後に志願兵として軍に入隊した。訓練の後、ヨーロッパ戦線に配属されて諜報関係の任務につき、ノルマンディー上陸作戦にも参加。しかし、激戦を経験してかなり精神的に追い詰められたようで、ドイツ降伏後、神経衰弱のためにニュールンベルグで入院を余儀なくされる。このときに知り合ったのが、後に結婚することになるシルヴィアだった。彼女は「ユダヤ人もナチも、どちらも大嫌い」

だったと言われる。

入隊中もサリンジャーはタイプライターを持参し、小説を書き続けていた。戦争中の体験を元にしたと思われる作品もある。また本書で扱われる「バナナフィッシュにうってつけの日」の舞台となるフロリダのホテルは、サリンジャーが妻と滞在したホテルととてもよく似ていたらしいとの証言もある。

こうしたサリンジャーの前半生と小説作品との照応関係を見ると、つい『ライ麦畑でつかまえて』のホールデン・コールフィールドの原型をサリンジャー本人の中に見たくなるのは人情だろう。実際、多くの熱狂的なファンを生んだこの代表作の主人公に作家自身の像を重ねてみる批評家は多い。しかし、果たしてほんとうにそれでいいのか？　本書の著者竹内康浩の問いの出発点は、そのあたりにあるように思う。

一九五一年に刊行された『ライ麦畑でつかまえて』は大ベストセラーとなった。よく売れただけでなく、その浸透力、影響力はすさまじく、ビート派の作品とともに一九五〇年代、六〇年代のカウンターカルチャーの先駆けであり象徴であるとされることも多い。加えて、この作品の出版後のサリンジャーのふるまいも、まるであの扱いにくいホールデン少年を地でいくような奇癖が目出ち、その神格化を推し進める。『ライ麦畑でつかまえて』の増刷が決まると、サリンジャーはその装幀から自身の写真を削除するよう命じる。そして、ニューハンプシャーの田舎に引っ越して家の周囲を壁で囲み、外界との交わりを絶ってしまったのである。ファンレターさえ拒絶した。

本人の言葉によれば「出版ほどプライバシーを破壊するものはない。自分は小説を書きたい。書くのが好きだ。でも書くのは、あくまで自分のために楽しみでやっているだけだ（Publishing is a terrible invasion of my privacy. I like to write. I love to write. But I write just for myself and my own pleasure）」とのこと。批評文中での作品の引用も許可せず、伝記に手紙が掲載されそうになると裁判まで起こして抵抗した。作品が外国語に翻訳されるときも「解説」をつけるのは禁止。村上春樹が『キャッチャー・イン・ザ・ライ』を白水社から刊行したときも、せっかく熱をこめて書いた解説が収録できなかったというのは有名な話だ。そもそも小説というものは人に読ませるために書くだろうになぜ？　といぶかる人も多いだろうが、それがサリンジャーなのだ。

そんなサリンジャーの謎がとりわけ濃厚につまっているとされるのが『ナイン・ストーリーズ』である。どの短編も読者の懐に飛び込んでくるような滑らかな文体と個性豊かな人物造形が特徴だが、作品中にはどうしても解けない謎も仕込まれている。「バナナフィッシュにうってつけの日」はその典型だ。

五〇年代から六〇年代にかけてのサリンジャー批評ではこうした「謎」をいかに解くかに多くの研究者や批評家が血道をあげた。おりしも東洋文化や禅への興味が深まっていた時代。禅の公案をかかげた『ナイン・ストーリーズ』はそれこそ「謎解きにうってつけの作品」と見なされた。「バナナフィッシュにうってつけの日」における主人公の自殺の真相や、死の直前に主人公が巻き込まれるエレベータでの事件といった中心的な謎以外にも、see more glass/ Seymour Glass といった駄洒落やT・S・エリオットの『荒地』への言及は解読の鍵を握るイメージとして話題にもされてきた。イソップ物語との類縁を指摘する論文もあれば、ライナー・マリア・リルケの『ドゥイノの悲歌』やウォレス・スティーブンズの作品に手がかりをもとめて作品を読み解く研究者もいる。一見ばらばらに見える九つの小説を相互に結ぶ線を見いだそうとする試みも行われた。しかし、こうした試みはおそらくサリンジャーがもっとも嫌ったものでもある。

そこで本書である。世に「謎とき本」は数多く出ている。もはや一種のジャンルだと言えよう。楽しい謎とき本は、ふつうに読んだときには気づかない作品の見えにくい部分に光を当て、そこからちょっと驚くような「答え」を導き出してみせる。江川卓の『謎とき『罪と罰』』(新潮選書)やジョン・サザーランドの『ヒースクリフは殺人犯か?――19世紀小説の34の謎』(川口喬一訳、みすず書房)などはその筋の古典だ。

ほかならぬ竹内康浩もすでにサリンジャーをめぐるいくつかの「謎とき」系の著述で名をはせてきた。しかし、世に出回る「謎とき本」と違って今回の竹内の本は、クライマックスでの「自殺」を改めて謎として提示している。後でも触れるように、これまでの批評家たちは、合理的に割り切れないものを何とか合理化しようとしてきた。これに対して竹内はむしろ合理的に見えるものの、その非合理的な相を暴き出そうとする。また、通常の謎とき本は、最低限のルールとして最終的には作品へと戻ってきて、いくばくかの安心を与えてくれる。「おかえりなさい。やっぱり文学っていいね。偉大だね」というような落着感が最後に待っている。ところが竹内の本はそうはいかない。

冒頭こそ、サリンジャーの単行本未収録の問題作「ハプワース16、1924年」などを取り上げ、さも着実な伝記的アプローチで謎が解かれるのかと思いきや、「バナナフィッシュ」の主人公の死をめぐるとんでもない問いがつきつけられ、思いもかけない証拠品や証言が次々に繰り出される。赤い靴の女の子から鈴木大拙と禅の公案、松尾芭蕉とバナナといった具合に話が広がり、謎が謎を呼ぶ。目がまわるような展開だ。「おかえりなさい」どころか読めば読むほど謎は深まり、読者は安心のかわりにサスペンスを味わうのである。こうして私たちは「バナナフィッシュ」という作品を、サリンジャーという作家を、そしてついには小説というジャンルそのものを、新しい目で見つめ直すことになる。

しかし、不思議なことに、こうして私たちが連れてこられる見知らぬ場所は、サリンジャーの作品を読みとおしたときの実感とも微妙に似ているようにも思える。つまり、『謎ときサリンジャー』は、遠いはるかな場所に私たちを連れ去るようでいて、ふと気がつくと一周まわってサリンジャーがそこにいるようにも感じさせるのである。これはいったいどういう体験なのだろう。

先述したとおり、本書で鍵となるのは「バナナフィッシュ」の最後で起きる拳銃自殺である。ごく短い、しかしどこかぴりぴりしたところのあるこの作品の最後に置かれるおさまりの悪いあの事件である。一般読者や批評家もこの終わり方にはずっと落ち着かない気持ちを抱いてきた。だからこそ、本書でも言及されるように多くの読み手はそれをシーモアの精神状態の不安定さに帰してきた。わけのわからないものや不気味なものを合理化するのに「心の闇」はたいへん便利だ。加えて、精神の不安定さや死のモチーフは『ナイン・ストーリーズ』の他の作品にも共通して見られるもので、さらにはサリンジャー自身の奇癖ともどこか通底するように思われる。非合理を説明するには、合理的な読みだと言えそうだ。

しかし、竹内にしてみれば、それは決して合理的な読みなのではなく、作品の豊かな世界を既存の知識の枠内へと押し込めていく読み方、こう言ってよければ、サリンジャーを小さくしてしまう読みなのだろう。だから竹内は作家の「非合理」な語りに、徹底的につきあおうとする。作品をありきたりな知へと引きずり下ろすのではなく、作品の不思議な世界へと、その高みへと上っていこうとする。サリンジャーを大きくしようとする。

それにしても「バナナフィッシュ」の最後が自殺ではない？ 何という読みだろう。そんな突拍子もない議論を吹っかけられて、先が気にならないのは鉄の鎧で心をガードしている人だけだろう。そしてその先には、果たして竹内による「常識破壊」の爆弾が仕掛けられている。乞うご期待だ。

この男の謎の死は、作品のもう一つの陥没地点と言ってもいいあのエレベータでの一幕と結びつく。男が「僕の足を見たいんだったら、そう言えばいい。でも、こそこそ見られるのはムカツクんだよ」と居合わせた見知らぬ女性にからむ場面である。ここも、非常に気になる。こういう場面を受け入れるためには、やっぱり「心の闇」が便利だ。しかし、そこで竹内がすかさず持ち出すのが義足のテーマなのである。シーモアも含めたグラス家の中に、一人だけ「義足」の人がいた。この事実を突きつけられ、私たちは思わず息をのむ。そして「次はいったいどうやってびっくりさせるつもりだろう」と半ば期待するような心地になってしまう。さながら探偵の推理にギャフンと言わされた犯人の心境で、どこまでも暴かれてみたくなるのだ。

このあたりの詳しい話の進みゆきは、是非、著者のたくみな筆致を楽しんでいただきたいが、とりわけシーモアと代替可能な人物とされるバディが、実はサリンジャー自身の身代わりとも読めるといったあたりの記述には私はかなりの快感を覚えた。一人だと思われた人物の陰に、もう一人が寄り添う。こんな事態の気持ちが悪いともいいともいえる奇妙な〝リアリティ〟は、もはや小説という装置の枠の外に私たちを誘い出しそうに思える。

そしてふと思い出すのは、この本が竹内康浩という誰にも似ていないたぐいまれな研究者の、そのはじめての「共著」でもあるということだ。そのもう一人の著者とは、弟子の朴舜起。どこがどう「共著」なのかについては「あとがき」に詳しい説明があるが、考えてみれば二人なのに一人、一人なのに二人といった根源的な問題を扱った本書が共著であることにも、いかにもサリンジャー的な符合があると思える。これは複数の主体や主観がどのように重なり、そしてずれるのかという問題ともつながっていくだろう。さらに竹内の議論によれば、その間主体的な関係には死者シーモアも含まれるのだから、この本の「著者」も一人なのに三人と言った方が正確なのかもしれない。

本書を果たしてどこに位置づければよいのか。文学作品を語るためのルールが定着し、それなりの合理性や説得力とともに批評というジャンルが機能しはじめたのは百年ほど前のことだ。批評は頼まれてもいないのに勝手に発生したわけではない。そういう時代だったのである。人間の精神にかかる負荷が増し、文学の言葉も複雑にそして不安定になっていく。読みようによって白とも黒ともなる。天国にも地獄にも連れて行ってくれる。文学は次第にそんな領域を開拓し始めた。

そこには現代人が内面に抱える矛盾やずれが反映されていた。そうした不安定さを受け止めるには準備がいる。批評は不安定な言葉を受け入れるのを助けてくれた。野心的に遠くまで私たちを連れて行こうとする作品ほど複雑さをはらみ、批評的な介添えがほしくなる。そんな中で私たちも批評的に作品を読み、語り、共有することで、それまでにはわからなかったことを知り、理解しえないと思えたことを理解するようになる。しかし、批評には作品の言葉を既知の枠組みへと差し戻すことで読者の理解を助けるものもあるが、逆に、作品の意味作用を大きく押し広げ、未知の世界へと私たちを導こうとするものもある。

そもそも、人間の言葉や心は、非常に厄介で危険なマグマのようなものを抱えている。私たちが突拍子もないものを生み出すことができるのもそのためだ。創造性の根源はこのマグマにある。作家ばかりでなく批評家にとっても。

この百年の批評は文学作品の謎を解くことに注力してきたかに見える。新批評(ニュー・クリティシズム)はテクストの亀裂に注目した。構造主義は私たちの思考の前提にある見えない「枠」を答えとして差し出した。精神分析批評やジェンダー批評は人間の無意識に踏み込むことで謎を解こうとする。マルクス主義批評も新歴史主義も、種明かしには余念がない。こう振り返ってみると、「謎とき」は批評という行為の根源にある衝動だと言えよう。

『謎ときサリンジャー』もこうした批評史の流れの上にある。「隻手」や「音」、二人の人物の衝突と「転落（fall）」といった着目点も、象徴分析やテーマ批評の訓練を受けたゆえの手際が光る。それに何と言っても竹内は八〇年代世代。新批評や構造主義の覇権を揺るがすポスト構造主義の洗礼も浴びてきた。そんな竹内がたどり着いたのが、本書で熱を持って語られる――そして人によってはこの著者の執拗さに畏怖さえ感じるかもしれないが――「問うこと」への執着なのである。良質の「謎とき本」は重心が「答えること」より「問うこと」にある。どこを訝しみ、どこに謎を見つけるかが肝心なのだ。竹内ほど「問うこと」にこだわる人は珍しい。

余人の追随を許さない竹内のそんな探求ぶりから浮かび上がってくるのは、作品の読みどころはどうしても読みきれないところにあるということである。文学作品を上手に読むとは、いかにそれが読めないかを体験しつくすことにある。この地点にまで私たちを導くことが批評にはできるのだ。

そもそも限りなく一人の声で語るように思える語り手が、実は二人であるという不思議な出自の本でもある。その魅惑的な声は通常の声域を越えているようだ。安易に真似するのは禁物。読むにも覚悟がいる。日常の安寧が失われないとも限らない。おそらくこんな冒険的な試みに竹内が耐えられたのは、三人で一人というこの著者が、文学を語ることを通してふつうの人にはわからない何かを行おうとしているためではないかと思う。いったい何だろう。そこは是非、本書を熟読してほしい。

文献

Anthony Fassano. 'Salinger's A Perfect Day for Bananafish', *The Explicator*, 66:3 (2008), 149-150.

Gary Lane. 'Seymour's Suicide Again: A New Reading of J.D. Salinger's "A Perfect Day for Bananafish"', *Studies in Short Fiction*, 10:1 (Winter 1973), 27-33.

Ruth Prigozy. 'J.D. Salinger's Linked Mysteries' in Harold Bloom (ed.) *J.D. Salinger*. New York:Infobase Publishing, 2008, 89-106.

Elaine Woo. 'J.D. Salinger Dies at 91', *Los Angeles Times*, Jan. 29, 2010.

ケネス・スラウェンスキー、田中啓史訳『サリンジャー　生涯91年の真実』（晶文社、二〇一三年）

村上春樹・柴田元幸『翻訳夜話2　サリンジャー戦記』（文春新書、二〇〇三年）

新潮選書

謎《なぞ》ときサリンジャー ——「自殺《じさつ》」したのは誰《だれ》なのか

著　者………………竹内康浩《たけうちやすひろ》　朴《ぼく》 舜《しゅん》 起《き》

発　行………………2021年8月25日
3　刷………………2022年9月15日

発行者………………佐藤隆信
発行所………………株式会社新潮社
〒162-8711 東京都新宿区矢来町71
電話　編集部 03-3266-5611
　　　読者係 03-3266-5111
https://www.shinchosha.co.jp
シンボルマーク／駒井哲郎
装幀／新潮社装幀室
組版／新潮社デジタル編集支援室

印刷所………………株式会社三秀舎
製本所………………株式会社大進堂

ISBN 978-4-10-603870-9 C0398